Titolo originale: Venice Vampyr - Final Affair

© 2025 Tina Folsom

Revisionato da Giulia Andreoli e kikiM

ALTRI LIBRI DI TINA

Vampiri Scanguards
Desiderio Mortale (Storia breve #½)
La Graziosa Mortale di Samson (#1)
L'Indomita di Amaury (#2)
L'Anima Gemella di Gabriel (#3)
Il Rifugio di Yvette (#4)
La Salvezza di Zane (#5)
L'Amore Infinito di Quinn (#6)
La Fame di Oliver (#7)
La Scelta di Thomas (#8)
Morso Silenzioso (#8 ½)
L'Identità di Cain (#9)
Il Ritorno di Luther (#10)
La Missione di Blake (#11)
Riunione Fatidica (#11 ½)
Il Desiderio di John (#12)
La Tempesta di Ryder (#13)
La Conquista di Damian (#14)
La Sfida di Grayson (#15)
L'Amore Proibito di Isabelle (#16)
La Passione di Cooper (#17)
Il Coraggio di Vanessa (#18)

Guardiani Furtivi

Amante Smascherato (#1)

Maestro Liberato (#2)

Guerriero Svelato (#3)

Guardiano Ribelle (#4)

Immortale Disfatto (#5)

Protettore Ineguagliato (#6)

Demone Scatenato (#7)

Vampiri di Venezia

Amante Indiscreto (#1)

Tresca Finale (#2)

Tesoro Peccaminoso (#3)

Pericolo Sensuale (#4)

Fuori dall'Olimpo

Un Tocco Greco (#1)

Un Profumo Greco (#2)

Un Sapore Greco (#3)

Un Silenzio Greco (#4)

Il Club degli Scapoli

Legittima Accompagnatrice (#1)

Legittima Amante (#2)

Legittima Sposa (#3)

Una Notte di Follia (#4)

Un Lungo Abbraccio (#5)

Un Tocco Ardente (#6)

Nome in Codice Stargate

Ace in Fuga (#1)

Fox allo Scoperto (#2)

Yankee al Vento (#3)

Tiger in Agguato (#4)

Hawk a Caccia (#5)

Time Quest

Ribaltare il Destino (#1)

L'Araldo del Destino (#2)

Thriller

Testimone Oculare

TRESCA FINALE

VAMPIRI DI VENEZIA - NOVELLA 2

TINA FOLSOM

1

Venezia, Italia - inizio 1800

All'inizio, pensava che il suo medico avesse commesso un errore.

Tre mesi: il medico le aveva dato solo altri tre mesi di vita. Negli ultimi due, probabilmente sarebbe stata confinata a letto con un dolore accecante.

Non poteva essere.

Pochi giorni prima, la sua governante l'aveva avvertita che, nonostante il bel viso e la figura aggraziata, i suoi modi schietti e le sue idee stravaganti stavano spaventando i potenziali mariti. A Viola non era importato. Aveva pensato che se un pretendente non avesse potuto tenerle testa, allora avrebbe preferito non sposarsi affatto. Inoltre, aveva appena ventuno anni e, sebbene fosse ancora in attesa di prospettive di matrimonio, (il che era dovuto alla sua natura impetuosa), aveva tutta la vita davanti a sé. Così aveva pensato.

Tre mesi non erano una vita.

Tuttavia, nonostante il tumore al cervello, avrebbe vissuto al massimo, finché avesse potuto.

All'inizio, aveva pensato di dimostrare che il suo medico si sbagliava. Si era già recata in Svizzera, partendo nel cuore della notte e senza un accompagnatore, e aveva consultato un altro esperto. Ma la risposta era stata la stessa: stava morendo.

Ecco perché era andata a Venezia. Non più per dimostrare al suo medico che si sbagliava, ma per vivere.

Non aveva detto alla sua famiglia dove stava andando; l'avrebbero fermata. L'avrebbero definita sciocca e scandalosa. Ma niente l'avrebbe fermata. Viola aveva accettato di morire, ma c'era una cosa che voleva sperimentare prima di lasciare questo mondo.

Si rifiutava di morire vergine.

Ma era anche una persona pratica: uno scandalo non sarebbe stato utile, alla sua famiglia. Già la sua improvvisa scomparsa avrebbe dovuto essere spiegata, cosa che sua madre, assai ansiosa, era più che in grado di gestire. Avrebbe semplicemente fatto sapere a tutti che Viola era andata in campagna per occuparsi di un parente anziano. Ce n'erano molti tra cui scegliere.

Viola aveva deciso di andare dove nessuno conosceva lei o i suoi parenti, dove il suo comportamento scandaloso non avrebbe avuto alcuna ripercussione sui suoi genitori. Aveva inviato loro una lettera dalla Svizzera, dicendo che le sue condizioni erano peggiorate e che era costretta in un letto d'ospedale. Aveva anche detto loro senza mezzi termini che voleva essere lasciata sola e ricordata per quello che era prima dell'inizio della malattia.

Aveva minacciato di creare uno scandalo, a Firenze, se i suoi desideri non fossero stati rispettati. La sua minaccia avrebbe fatto in modo che sua madre si attenesse ai suoi desideri e che facesse pressione al padre di Viola affinché non tentasse di andare a prenderla. Inoltre, sua madre era probabilmente felice di liberarsi di lei. Dopotutto, Viola non era mai stata all'altezza delle sue grandi aspettative. Rifiutando il primo e unico spasimante che avesse mai osato farle la corte, Viola aveva spento qualsiasi benevolenza che sua madre avesse mai provato nei suoi confronti.

Viola aveva fatto in modo che i suoi genitori avrebbero ricevuto una lettera tre mesi dopo, indicando che la loro figlia era morta serenamente. Naturalmente, sarebbe stata una bugia, perché lei si sarebbe tolta la vita molto prima. Una volta realizzato ciò per cui era venuta a Venezia.

Una volta che non fosse stata più vergine, avrebbe preso la pistola che portava nella borsa e avrebbe posto fine alla propria vita, prima che il dolore la debilitasse. Non aveva intenzione di subire una morte lunga e dolorosa.

Viola si passò una mano sulle gonne e si sistemò il mantello. Riempiendosi i polmoni con un respiro profondo, spinse la pesante porta di quercia e la aprì.

Il luogo in cui entrò era una specie di circolo. Secondo le sue informazioni, i gentiluomini che cercavano compagnia femminile frequentavano quel locale sorprendentemente pulito. Anche se non si trattava di un bordello, molte delle donne che si univano agli uomini del circolo per cercare piaceri carnali lo facevano per denaro. Tuttavia, l'uomo che l'aveva portata in quel locale le aveva assicurato che a volte vi si vedevano donne di classe superiore, alla ricerca di svaghi che i loro rispettabili mariti non erano disposti a concedere alle proprie mogli.

Sperava che l'uomo avesse ragione, e che la storia che aveva provato fosse credibile. L'ultima cosa che voleva fare era attirare l'attenzione su di sé. Era già abbastanza difficile superare l'imbarazzo di dover avvicinare uno sconosciuto e chiedergli di portarla a letto. Essere mandata via senza aver raggiunto il proprio obiettivo sarebbe stato peggio. Perché c'era una regola su cui gli uomini del club insistevano, nonostante la loro dissolutezza: nessuno doveva andare a letto con una vergine.

Il posto odorava di sigari, alcol e profumo. Viola fece un respiro superficiale e lasciò che la porta si chiudesse alle sue spalle. Una tenda bordeaux di velluto pesante separava l'atrio dalle sale principali retrostanti. La musica e le risate la raggiunsero. Fece un passo in avanti, quando una mano sul suo braccio la trattenne.

Il respiro le si bloccò in gola, mentre girava di scatto la testa di lato.

«C'è una tariffa, signora» disse la donna massiccia, con un vestito riccamente ricamato. I suoi seni spuntavano dall'abito scollato e i grandi gioielli intorno al collo scintillavano alla luce delle candele.

«Naturalmente» rispose Viola e cercò nella sua borsetta una

moneta. L'uomo che le aveva parlato del circolo l'aveva preparata per quello. Non sarebbe andata bene, se si fosse comportata come un'innocente che non aveva mai fatto una cosa del genere. Avrebbe solo creato dei sospetti.

La padrona di casa prese la moneta e la fece sparire tra le pieghe del suo vestito. «Molto bene, allora».

Un momento dopo, aprì la tenda e permise a Viola di passare.

La stanza era più grande di quanto si aspettasse. In effetti, era grande come la sala da ballo della casa dei suoi genitori. Ai lati, erano stati costruiti dei separé per fornire una parvenza di riservatezza a chiunque lo desiderasse, ma al centro le poltrone e i divani, e i loro occupanti, erano in bella vista. Grandi lampadari con candele ardenti facevano luce e un piccolo quartetto d'archi creava l'atmosfera.

I servitori giravano per rifornire gli ospiti di bevande e, dallo stato in cui si trovavano alcuni degli ospiti, era chiaro che l'alcol scorreva liberamente. Gli uomini stavano sdraiati sui divani, alcuni completamente vestiti e perfettamente rispettabili, altri con le cravatte allentate e il petto parzialmente scoperto. Alcune donne erano drappeggiate sui corpi degli uomini in pose più che indecenti.

Il suo informatore non aveva detto che quello non era un bordello? Viola sentì il battito del suo cuore aumentare. Lei non era affatto come le donne che vedeva in questo posto. Sembravano non preoccuparsi del pudore o della riservatezza. Non era quello che si aspettava. Forse l'uomo l'aveva fraintesa. Aveva cercato un posto per trovare un uomo che l'avrebbe portata a letto nell'intimità di una camera e che le avrebbe fatto provare cosa significasse sentire il corpo di un uomo unito al suo.

Era un errore. Viola fece un passo indietro e urtò contro qualcosa di solido dietro di lei. Si girò.

«Ciao, bella» la salutò il bel forestiero, lanciandole un'occhiata di apprezzamento.

Viola deglutì, incapace di rispondere, il battito del suo collo così frenetico che era sicura che la sua vena sarebbe scoppiata e avrebbe inzuppato l'uomo del suo sangue.

Il silenzio di lei non sembrò infastidirlo. «Vedo che sei nuova, qui».

La mano di lui si avvicinò e tracciò la cucitura del suo décolleté. Viola sussultò per la sua audacia e si tirò indietro.

«Sono Salvatore. E sarei felice di trascorrere la serata con te».

Lei fece un respiro regolare e gli rivolse uno sguardo di valutazione. Era leggermente più alto dell'uomo medio. Ben curato, con l'abito scuro e la cravatta alla moda; nemmeno sua madre avrebbe avuto obiezioni, se fosse venuto a corteggiarla. Ma lui non era lì per corteggiarla. E nemmeno lei voleva che lo facesse.

Tutto quello che voleva era una scopata. Era l'uomo giusto, per quello? Quelle mani eleganti l'avrebbero accarezzata e fatta sentire una vera donna, o il suo tocco l'avrebbe lasciata indifferente? Il suo battito cardiaco irregolare indicava il suo interesse per lui o le diceva semplicemente che aveva paura di portare a termine il proprio piano?

Non poteva esserne sicura. Ma se fosse rimasta lì senza prendere una decisione, non avrebbe mai raggiunto l'obiettivo che si era prefissata.

Viola trovò il coraggio e forzò un sorriso sulle labbra, respingendo i dubbi che stavano sorgendo dentro di lei. «Sarebbe affascinante».

2

Dante era furioso.

Guardò i lividi sul viso di Benedetta. «Quante volte ti ho detto di non andare in quel locale?». Certo, era solo una ragazza che vendeva le sculture del padre per strada, e lui la conosceva molto poco, ma in qualche modo si sentiva protettivo, nei suoi confronti. Era povera e così giovane. Ogni volta che passava davanti alla sua bancarella, si sentiva obbligato ad acquistare una delle orribili figure intagliate da suo padre.

«Mi dispiace» piagnucolava la ragazza, con il labbro spaccato che le impediva di parlare. «Ma gli affari sono andati così male, questo mese. Avevamo bisogno di soldi».

«Chi è stato?».

Benedetta distolse lo sguardo, ma Dante le prese il mento e le fece incontrare il suo sguardo. Lei trasalì. «Ho chiesto chi è stato».

«Salvatore».

«Cazzo!». Dante si passò una mano tra i capelli scuri. «Non hai alcun senso di auto conservazione? Tra tutte le persone, dovevi lasciare che proprio Salvatore ti toccasse?». Non conosceva personalmente quell'uomo, ma sapeva che non era una compagnia adatta a Benedetta.

Lei chiuse gli occhi gonfi. «Era l'unico disposto a pagare».

«Dannazione, ragazza. Se fossi mia figlia, ti rinchiuderei in casa, per la tua stupidità. Nessuna donna sana di mente si farebbe toccare da Salvatore. Perché pensi che fosse disposto a pagare? Tutti conoscono la sua reputazione. Ama picchiare le donne».

Le lacrime scorrevano sul viso di Benedetta. Dante tirò fuori un fazzoletto e le asciugò il viso.

«Grazie».

«Ora, vai a casa. Comprerò tutte le sculture che ti sono rimaste questa sera». Dante diede un'occhiata alla sua bancarella. Quella sera, le figure di legno che vendeva erano particolarmente brutte. Sarebbero servite come legna da ardere nella sua casa, come tutte le altre prima di loro.

Il suo volto si illuminò. «Oh, grazie mille, signor di Santori. Lei è così gentile».

Gentile? Non era un aggettivo che gli veniva attribuito spesso. Nessun vampiro era gentile, tanto meno lui, ma se c'era una cosa che Dante odiava, erano gli uomini che picchiavano le donne. Amava le donne in ogni loro forma. Soprattutto quando venivano nel suo letto.

Gli piacevano ancora di più quando si nutriva da loro.

Il sangue di una donna era più ricco di quello di un uomo. Ed era ancora più inebriante, quando si nutriva di una donna mentre la scopava fino all'oblio. In effetti, era il suo modo preferito di cenare. Non c'era nulla di gentile o civile, in questo. In fin dei conti, non era molto meglio di Salvatore, un semplice umano, ma non avrebbe mai fatto del male alle donne.

In effetti, viveva per dare loro piacere.

Il suo morso era indolore e i suoi poteri di suggestione gli permettevano di nascondere ciò che faceva. Dopo una notte tra le sue braccia, le donne che portava a letto non ricordavano l'uomo appassionato che le aveva portate all'estasi né il vampiro insaziabile assetato di sangue che si era ingozzato al loro collo.

La rabbia di Dante non si era ancora placata, quando raggiunse il locale in cui Salvatore era solito trascorrere le sue serate. Arrivò con l'intenzione di combattere. Un vero combattimento, non uno in cui avrebbe usato i suoi poteri superiori di vampiro per schiacciare l'umano. Desiderava una rissa, in cui avrebbe usato i pugni per colpire l'uomo.

Si spinse all'interno del locale, ignorando le richieste di pagamento della padrona di casa. Sarebbe rimasto solo il tempo necessario per trovare Salvatore e picchiarlo a sangue, conciandolo peggio di come l'altro aveva fatto con Benedetta.

L'ingresso di Dante e le lamentele arrabbiate della padrona di casa alle sue spalle fecero girare diverse teste nella sua direzione. Le ignorò e scrutò invece la stanza. Non gli ci volle molto per individuare Salvatore in uno dei privé che fiancheggiavano la sala. E Salvatore non era solo. Si stava già lavorando la sua prossima vittima ignara.

Dante non fece caso agli sguardi degli altri ospiti e marciò dritto verso Salvatore, fermandosi a pochi passi da lui. L'uomo aveva una mano sulle gonne della donna e la testa vicino al suo orecchio, senza dubbio le sussurrava bugie dal suono dolce. Dante si schiarì forte la gola.

Senza alzare lo sguardo, Salvatore cercò di liquidarlo. «Sono occupato».

Dante strinse la mascella. «Non lo sarai ancora per molto».

La donna si girò di scatto verso di lui, con gli occhi che si dilatavano per la paura. Aveva chiaramente sentito la minaccia nella sua voce. Dante la ignorò e afferrò il polso di Salvatore, strappandolo dalle gonne della donna e tirandolo in piedi. Stupito, Salvatore lo guardò.

«Ma che diavolo?». Gli occhi di Salvatore si restrinsero. «Trovati una donna tua. Questa è mia».

«Non mi interessa la tua donnetta. Sono interessato a te».

Salvatore cercò di divincolarsi dalla presa che Dante aveva sul suo polso, ma non ci riuscì. «Lasciami in pace, finocchio, o ti riempio di botte».

«Intendi nello stesso modo in cui hai riempito di botte Benedetta?».

Al nome di Benedetta, un lampo di paura gli attraversò il viso. Sapeva di essere stato beccato, ma la spavalderia non lo aveva ancora abbandonato. «Non sono affari tuoi».

«È un'amica. Quindi sono affari miei». Dante lasciò il polso dell'uomo e colpì. Il suo pugno impattò sul viso di Salvatore, facendogli scattare la testa all'indietro.

Gli ospiti riuniti ebbero un sussulto collettivo. In sottofondo, Dante poté sentire la voce stridula della padrona di casa. «Signori, portate fuori i vostro disaccordi».

Ma era troppo tardi. Salvatore si era ripreso dal primo colpo e sferrò un pugno a Dante, sfiorandogli il mento. Dante rise. «È tutto quello che sai fare?». L'umano era debole. Sarebbe stato ben poco divertimento. Non c'era da stupirsi che a quello stronzo piacesse picchiare le donne, visto che per gli uomini non era alla sua altezza.

Dante sferrò un pugno nello stomaco di Salvatore, facendolo piegare in due. «La prossima volta che decidi di picchiare una donna, è meglio che ci pensi due volte». Con un montante sul mento di Salvatore, Dante si girò. Prima che potesse allontanarsi, l'uomo gli saltò addosso, sbattendolo a terra.

Dentro di sé, Dante si rallegrò. Finalmente, l'idiota stava reagendo, rendendo la situazione un po' più interessante. Tirando indietro il gomito, Dante lo colpì alle costole, poi si piegò, buttando Salvatore giù oltre la propria schiena. Nel giro di pochi secondi, i due si diedero un colpo dopo l'altro. Dante sentiva a malapena il dolore, ma l'umano trasaliva a ogni pugno che riceveva.

«Smettetela! Smettetela di picchiarlo!». La voce di una donna giunse da dietro di lui.

Tenendo ferma la sua vittima con un braccio sul collo, Dante si girò per guardare la donna con cui Salvatore era stato. Lei era in piedi sopra di lui, con i pugni sui fianchi e un cipiglio sul viso. «Signorina, fareste bene a starne fuori».

«Non vi permetterò di picchiare il mio accompagnatore».

«Beh, preferisce che *lui* picchi *voi*, come ha fatto con l'ultima donna che si è scopato?».

Un rossore le colorò la pelle per le parole crude di lui. Le diede un'altra occhiata. Ora che la osservava da vicino, notò qualcosa di strano, in lei. Non apparteneva a quel posto. Non era il tipo di donna che frequentava locali come quello. I suoi modi sembravano raffinati, il suo abbigliamento era sobrio, ma costoso. Il suo viso era fresco e innocente, i capelli raccolti in uno stretto chignon sulla nuca, senza che una sola ciocca sciolta incorniciasse i suoi lineamenti eleganti.

Inspirò il suo aroma. Sì, aveva un odore di innocenza e di bontà. Ma c'era qualcos'altro, qualcosa di estraneo che sembrava offuscare il suo ricco profumo. E gli fece venire voglia di proteggerla. E di tenerla vicina.

Dante cercò di scrollarsi di dosso quella strana sensazione, e il suo sguardo indugiò sul viso di lei ancora per qualche secondo. La cosa più sorprendente di lei erano i suoi occhi. Il loro colore verde, combinato con la pelle di porcellana e le labbra rosse, la facevano apparire come un quadro intrigante. Cosa ci faceva una donna del genere in un inferno come quello?

«Dovreste andarvene» le consigliò e si voltò verso Salvatore.

Con un ultimo colpo, gli fece perdere i sensi. Mentre si alzava, la padrona di casa gli bloccò la strada. «Signore, non tollero questo tipo di comportamento nella mia...».

Dante alzò una mano. «Me ne vado».

A grandi passi, uscì dal locale e si immerse nella fresca aria notturna.

3

Viola fissò la padrona di casa. «Ma non può buttarmi fuori. Non c'entro niente con tutto questo».

La padrona di casa le rimise la moneta in mano e indicò la porta. «Fuori».

Sopprimendo le lacrime di disperazione, uscì all'esterno, stringendo il mantello intorno a sé. Se quell'uomo terribile non avesse picchiato il suo compagno e non lo avesse fatto svenire, avrebbe perso la verginità, quella sera. E ora? Era tornata al punto di partenza. Ancora peggio: era stata bandita dal circolo. Era l'unico posto che conosceva dove poteva trovare ciò che desiderava. Dove sarebbe andata, adesso?

Viola emise uno sbuffo frustrato e alzò la testa. Il suo sguardo cadde sull'uomo che aveva iniziato la rissa. Era in piedi a qualche metro di distanza e si sistemava la cravatta. Prima di perdere il coraggio, si avvicinò a lui.

«È stata una cosa terribile, quella che avete fatto».

Lui le rivolse un'occhiata divertita. «Dovreste ringraziarmi, non assillarmi».

«Ringraziarvi? Mi avete fatta cacciare dal circolo».

«Come ho detto, dovreste ringraziarmi, per questo. Il vostro posto non è quello. Voi siete un'innocente».

La rabbia si agitò in Viola. «Non sono un'innocente», mentì. «Sono una vedova e sono qui per trovare alcuni... piaceri». Era la stessa bugia che aveva detto a Salvatore, anche se *lui* non aveva messo in dubbio le sue motivazioni.

L'uomo inarcò un sopracciglio e alzò un lato della bocca, prendendola in giro.

«Ora voi avete distrutto le mie possibilità di stare con un uomo, stasera».

L'uomo si avvicinò di un passo, il suo corpo quasi la sfiorava. La sua voce era bassa, quando rispose: «E ora ascoltatemi, donna. L'uomo con cui volevate stare stasera picchia le donne che si porta a letto. Fa parte di ciò che lo eccita. È violento e gode nel vedere le donne soffrire. Era questo che cercavate?».

Istintivamente, Viola fece un passo indietro.

Lo sconosciuto stava dicendo la verità? L'aveva davvero salvata dall'essere picchiata? Si scrollò di dosso il pensiero. No, probabilmente i due uomini avevano avuto un precedente litigio. «Non importa. Ora devo andare da un'altra parte per trovare quello che mi serve».

«Siete impazzita? Non avete sentito quello che ho appena detto?».

«L'ho sentito, forte e chiaro. Ora, potreste indicarmi dove posso trovare un altro posto come questo? Me lo dovete». Lei alzò il mento e aspettò.

Lo sconosciuto scosse la testa. «Non farò nulla del genere. Andate a casa e siate contenta di non esservi fatta male, stasera».

Lei strinse gli occhi. «Bene... Forse qualcun altro potrà consigliarmi». Viola girò i tacchi, ma prima ancora di fare un passo, una mano si aggrappò al suo avambraccio e la tirò indietro. Lei si girò di scatto verso di lui, sorpresa dalla sua audacia, e strinse la mascella.

«Signore, vi suggerisco di togliere subito la mano».

Lui non cedette alla sua minaccia. «Non avete idea dei pericoli che ci sono, là fuori. Una donna come voi non dovrebbe aggirarsi da sola nella notte».

«Non sono affari vostri. Quindi, a meno che voi non vogliate portarmi a letto, lasciatemi andare». Nel momento in cui gli rivolse la sua minaccia, si rese conto che era esattamente quello che voleva.

Quando l'aveva visto picchiare il suo accompagnatore, aveva visto la forza grezza del suo corpo. Ma aveva anche visto che si era trattenuto. Era molto più forte di quanto lasciasse vedere a tutti.

E gli occhi che la fissavano increduli erano i più sensuali che avesse mai visto in un uomo. Erano di un blu brillante, che risaltava in netto contrasto con i suoi capelli neri. Il suo viso aveva dei tratti appuntiti, più rudi che eleganti, e le sue spalle sembravano sporgere dal cappotto. Era alto e il pensiero del suo tocco in luoghi più intimi la eccitava. Se Salvatore era bello, quell'uomo era bellissimo.

Tuttavia, l'espressione accigliata sul suo volto indicava che non aveva intenzione di accettare la sua offerta improvvisata. Beh, forse il suo aspetto non lo attraeva. Si sforzò di non prendere sul personale la sua reazione. Ma rendersi conto che non riusciva a convincere quell'uomo a saltare in un letto con lei fece vacillare la sua armatura, costruita con cura.

«Allora lasciatemi andare», ripeté lei, non volendo sentire il suo rifiuto. Il suo viso aveva detto abbastanza. Viola scosse il braccio, cercando di fargli allentare la presa su di lei, ma lui non cedette.

«Volete che vi porti a letto?» chiese lui.

Lei deglutì, per scacciare la sorpresa per la domanda di lui. Ci stava pensando? Il battito del suo cuore accelerò. «Sono vedova da un po' e mi manca il tocco di un uomo».

«È così?». Dalla sua voce sembrava che non le credesse. La sua storia non era abbastanza credibile? L'aveva provata molte volte e Salvatore ci aveva creduto.

«Beh, è chiaro che non siete interessato. Quindi, non vi preoccupate. Sono sicura che troverò qualcuno». Dove e come avrebbe compiuto questa impresa, non ne era certa.

«Chi dice che non sono interessato?».

Viola alzò lo sguardo verso il suo viso e notò come lui lasciò che un lungo sguardo le viaggiasse lungo il corpo. Rabbrividì e si bagnò le labbra. Sì, quell'uomo stava suscitando qualcosa, in lei. Per qualche strana ragione, stava facendo breccia nell'incertezza che aveva provato quando era stata in compagnia di Salvatore. Nonostante le cose dolci che Salvatore le aveva sussurrato all'orecchio, lei non si era scaldata, con lui. Mentre quell'uomo...

«C'è un posto in questo vicolo dove possiamo andare», suggerì lui. «Come vi chiamate?».

«Signora Costa». La sua gola era secca come carta vetrata.

«Il vostro nome di battesimo».

Il suo cervello smise di funzionare, sotto lo sguardo intenso di lui. «Perché volete il mio nome di battesimo?».

«Perché mi piacerebbe chiamarvi con il vostro nome di battesimo, quando spingerò dentro di voi».

4

Dante lasciò che la porta della semplice camera da letto della locanda si chiudesse alle sue spalle e osservò la bella Viola che si toglieva il mantello. Non aveva programmato di banchettare con nessuno, quella sera, ma a caval donato non si guarda mai in bocca. E Viola non era solo un regalo inaspettato: lo intrigava.

Che cosa l'aveva spinta a frequentare quel circolo malfamato? Sembrava troppo raffinata, troppo ben educata, per un locale come quello. Francamente, era molto contento di essere arrivato lì al momento giusto, perché più la guardava, più desiderava essere lui a soddisfare i suoi desideri segreti. Il pensiero che lei fosse andata a cercare guai gli fece correre un forte brivido lungo la schiena.

Anche se era una giovane vedova che conosceva i piaceri della carne, non aveva idea di quali pericoli si nascondessero là fuori. Ai suoi occhi, era ancora un'innocente. E lui aveva un debole per le donne innocenti. Così come aveva sempre cercato di proteggere Benedetta, una ragazza di appena quindici anni, ora voleva proteggere quella donna.

Fino a un certo punto, comunque. Non le avrebbe fatto del male, ma mentre la scopava, l'avrebbe anche assaggiata. Nonostante il fatto che si fosse già nutrito poco prima, non rifiutava mai il dessert. E se il suo sangue avesse avuto un sapore inebriante come il profumo della sua pelle sembrava promettere, sarebbe stato un dessert davvero molto sontuoso.

«Bene», disse lei, con la voce che tremava come le sue dita. Lui percepì il suo nervosismo e pensò che il suo defunto marito fosse stato l'unico uomo che l'avesse mai toccata. Chiaramente, questo era difficile, per lei.

Dante si avvicinò a lei, gettando il cappotto su una sedia a metà strada. «Lasciate che vi aiuti con il vestito».

Viola trasalì, quando lui le mise le mani sulle spalle. «Io... posso farlo da sola», balbettò.

«Ma vorrei farlo io, se me lo permettete». Le sollevò il mento con la mano e abbassò la testa. Il respiro di lei si mescolò al suo e lui ne inspirò il profumo. «Mi piacerebbe anche baciarvi».

Non aspettò la sua risposta. Invece, premette le labbra sulle sue e le fece aprire. Senza troppi indugi, le infilò la lingua in bocca e le fece la sua richiesta. La risposta di lei fu timida. Dante si avvicinò alla sua lingua e ringhiò la sua disapprovazione. Se voleva essere portata a letto, di sicuro non lo stava dimostrando, con la sua reazione a lui. Non era forse di suo gradimento? Il pensiero che lei potesse preferire i tratti più eleganti di Salvatore a quelli più rudi di lui lo infiammò.

Strappò la bocca dalla sua. «Ricambiate il bacio, dannazione».

Gli occhi di lei scintillarono di incertezza.

«O avete cambiato idea?». L'avrebbe lasciata libera, se l'avesse fatto. Non era il tipo di uomo che costringeva una donna.

Lo scuotimento della testa fu rapido, ma determinato. «No!». Con la stessa rapidità, gli allacciò le mani intorno al collo e lo tirò di nuovo a sé.

«Così va meglio», la lodò lui e le passò le braccia intorno alla sua schiena. «Ora, proviamo di nuovo, che ne dite?».

Viola chiuse gli occhi, come se si stesse preparando all'assalto di lui. Questo lo sorprese. Lo vedeva come una specie di bestia rude? Dante si fermò per un momento. Non sapeva nulla di lui, se non quello che gli aveva visto fare: picchiare violentemente un altro uomo con i pugni. Questo l'aveva spaventata?

«Non ti farò del male».

I suoi occhi si aprirono di scatto. «Lo so».

Questa volta, quando la baciò, premette delicatamente le labbra contro la sua bocca morbida e strattonò il labbro superiore, poi vi passò sopra la lingua. Lentamente, le sue labbra si aprirono. Dante continuò a mordicchiarle le labbra, fino a quando non sentì un piccolo gemito provenire da lei. Ora capiva: lei voleva un approccio delicato e lento. Ecco a cosa rispondeva. Poteva farlo.

Fermò le sue labbra. «Avresti dovuto dirmi che lo volevi fare in modo delicato. Perché una donna che gira per locali squallidi cercando un uomo per fare sesso, in genere vuole una scopata frenetica».

Viola sussultò e sembrò voler protestare, ma lui le diede un bacio morbido sulle labbra, prima di continuare. «Per me non ha importanza. Se lo vuoi gentile e delicato, lo farò in quel modo. Ma quando vorrai che ti scopi in modo veloce e duro, me lo farai sapere, vero?».

Il suo cenno di assenso fu appena percettibile.

Dante esplorò l'incavo caldo e umido della sua bocca, fece scorrere la lingua contro la sua e assaporò il suo gusto. Lei era un boccone delizioso e la sua risposta gentile e misurata alla lingua indagatrice di Dante non faceva che aumentarne l'eccitazione. Sollecitare una risposta da parte di lei era una sfida, e lui amava le sfide più di qualsiasi altro uomo.

Più la baciava senza lasciare che la parte esigente di sé stesso prendesse il sopravvento, più Viola si risvegliava tra le sue braccia. Le mani di lei sul suo collo erano calde al tatto e tutto il suo corpo sembrava irradiare calore. Lui lo accolse e fece scivolare la mano fino alla pelle esposta delle sue spalle. Lei tremò, quando lui passò le nocche contro il suo polso e sentì il battito cardiaco accelerare. Il sangue di lei si caricò attraverso la vena sotto i suoi polpastrelli, una sensazione che fece indurire il suo cazzo in un istante.

Sì, andare a letto con quella giovane, timida donna sarebbe stato un piacere inaspettato. E prendere il suo dolce sangue lo avrebbe reso ancora più piacevole.

Dante abbassò la mano e le prese un seno, provocando un sussulto di lei. Allontanò le labbra dalle sue. I suoi occhi verdi sembravano ancora più scuri di prima. E le sue labbra erano gonfie per i baci. La vista gli piaceva molto. «Posso aiutarvi a spogliarvi?».

LE SUE PAROLE la fecero uscire dal suo stato ebbro di passione. Nessun uomo l'aveva mai baciata in quel modo. In effetti, nessun uomo l'aveva mai baciata, se non sulla mano o sulla guancia. Era più di quanto si aspettasse. E non voleva fermarsi. «Voglio baciarvi ancora», borbottò e distolse lo sguardo.

«Ci baceremo ancora molto, ve lo prometto. Ma prima toglietevi il vestito, così potrò toccarvi, mentre vi bacio». I suoi occhi sembravano divorarla. E la dolcezza della sua voce portava con sé la promessa che aveva fatto.

«Vi spoglierete anche voi?».

Lui ridacchiò. «Volete aiutarmi a farlo?».

Il pensiero di spogliarlo la eccitò. Si leccò le labbra in attesa. Da quello che aveva sentito sotto le sue mani quando lo aveva stretto a sé, Dante era un uomo grande con muscoli forti. Li aveva sentiti duri, ma confortanti.

«Direi che è un sì». Il suo sorriso era caldo e lei lo ricambiò.

Lui iniziò a slacciarle il corpetto. Dato che era venuta a Venezia senza una cameriera o un accompagnatore, aveva scelto un abito che poteva indossare e togliere senza l'aiuto di nessuno. Tuttavia, quando sentì le dita di lui accarezzarle il busto, mentre le allentava il vestito, non le dispiacque affatto il suo aiuto. Le piaceva il formicolio che si diffondeva sulla sua pelle a ogni pressione delle sue mani. E lui si limitava a toccarla attraverso i molti strati dei suoi indumenti. Come sarebbe stato, quando avrebbe toccato la sua pelle nuda?

Mentre Dante le toglieva il corpetto e lasciava che le sue gonne cadessero a terra con un fruscio, lei rimase in piedi davanti a lui con la sua sottoveste e i mutandoni. Non aveva indossato il corsetto perché sapeva che non sarebbe stata in grado di allacciarlo senza aiuto. Ora si sentiva esposta, sapendo che lui poteva vedere attraverso il sottile tessuto bianco della sua sottoveste. Istintivamente, incrociò le braccia sul petto.

«No», sussurrò lui, «lasciate che vi veda». Le prese le braccia e le spostò. «Siete bellissima. Non avete motivo di nascondervi».

Il palmo della mano di lui le toccò un seno, poi l'altro. Il tocco fu come se una tempesta di fulmini la attraversasse. «Adoro il modo in cui ti sento nelle mie mani». Lui strinse e il battito cardiaco di lei ebbe un'impennata.

«Oh, Dio».

«Sono Dante», la corresse lui. Naturalmente, lei lo sapeva. Le aveva detto il suo nome mentre andavamo alla locanda. Ma per qualche motivo il suo cervello non funzionava, quando le mani di lui erano su di lei.

«Dante», sussurrò lei. «Voglio spogliarvi anche io».

Viola gli mise le mani sul petto, facendogli lasciare il seno. Lentamente, aprì un bottone dopo l'altro, rivelando un petto muscoloso con una leggera peluria scura. Al centro del petto si concentrava e poi si restringeva verso la parte superiore dei pantaloni. I suoi occhi seguirono il percorso scuro.

«Sì», la incoraggiò lui. «Aprite i miei pantaloni e tirate fuori il mio cazzo».

Nessuno aveva mai pronunciato quella parola davanti a lei, eppure sapeva cosa significava. I suoi occhi si abbassarono fino al rigonfiamento nascosto sotto il tessuto. Un rigonfiamento molto grande. Indossava un'imbottitura? Lo sperava, perché ciò che suggeriva il profilo duro sotto i pantaloni sarebbe stato fisicamente impossibile, ne era certa.

Viola esitò, ma Dante le prese semplicemente la mano e le posò il palmo sulla protuberanza. Lei, spaventata, cercò di allontanarsi, ma lui le trattenne il polso e la costrinse a stringere la sua erezione. La carne sotto il suo palmo era calda e pulsava. Non aveva mai sentito nulla di così vibrante. Ora aveva la risposta: non era un'imbottitura.

«Aprite i bottoni».

Lei seguì il suo comando senza pensare. Pochi istanti dopo, i suoi pantaloni erano aperti. Lui li abbassò e si spogliò completamente. Viola distolse gli occhi, anche se avrebbe voluto guardarlo. Ma l'imbarazzo la attraversò. Non aveva mai visto un uomo nudo.

«Guardami». La voce di Dante era calma e rilassante.

Lei alzò gli occhi per incontrare il suo sguardo. Ma lui scosse la testa. «Guarda il mio cazzo».

Deglutì per l'affermazione audace di lui. Come poteva semplicemente guardarlo in modo così ovvio?

«Per favore, guarda il mio cazzo e prendilo in mano».

Viola raccolse il coraggio e abbassò lo sguardo sul suo stomaco, poi più in basso. In mezzo a un nido scuro di riccioli, l'asta di lui si ergeva eretta, leggermente ricurva verso l'alto, le sue vene viola pulsavano, la testa a forma di fungo luccicava. Si era sempre aspettata che gli uomini fossero brutti, in quel punto, ma non c'era niente di più lontano dalla verità. La sua asta piena di vene era come un'opera d'arte scolpita. Bella, fiera e perfetta.

La sua mano si allungò di sua spontanea volontà e le sue dita sfiorarono la parte inferiore del suo cazzo. La pelle era morbida come quella di un bambino, ma quando avvolse la mano intorno a lui, poté sentire quanto fosse duro. Come un fallo cesellato nel marmo.

Dante sibilò. «Cazzo».

Alla sua imprecazione, lei lo lasciò andare con un sussulto sorpreso.

«No. Non ti fermare. Mi piace il modo in cui mi tocchi».

Con un po' di timidezza, lo prese di nuovo in mano. Poi sentì le mani di lui su di lei, che apriva i bottoni superiori della sua sottoveste, in modo che scivolasse facilmente su una spalla, esponendo un seno alla sua vista. Lui chinò la testa e passò la lingua sul capezzolo.

La mano di Viola lo lasciò andare, mentre cercava di gestire le nuove sensazioni che la stavano investendo. La lingua di lui era calda e umida, e la sua consistenza creava un attrito delizioso sul suo seno. Il suo capezzolo era diventato duro e desiderava di più. Viola gettò la testa all'indietro. Quando l'aria fresca soffiò sulla sua pelle, si rese conto che lui le aveva spinto la sottoveste lungo le spalle e l'aveva lasciata cadere sul pavimento. Poi sentì le sue mani sui mutandoni, liberandola anche di quelli. Avrebbe dovuto provare imbarazzo, ma sentì solo le sensazioni tumultuose che lui provocava nel suo corpo.

La sua bocca le stava succhiando il capezzolo, attirandolo in profondità nel suo calore. Questo creò un dolore altrettanto forte tra le sue gambe, dove sentì un calore e un'umidità che non aveva mai provato prima.

Viola gli conficcò le mani nelle spalle per evitare di oscillare, il suo equilibrio era ostacolato dalle sue attenzioni e dall'ordine del suo stesso corpo di lasciarsi semplicemente andare. Dante ringhiò e sollevò la testa dal suo seno.

«No», protestò lei, desiderando di più di quello che lui le stava offrendo.

«Shh, tesoro mio». La sollevò tra le braccia e la portò sul letto. Quando le fece scendere sul letto, lei sentì la definitività delle proprie azioni. Un pizzico di panico la colpì e si irrigidì.

«Cosa c'è che non va?» chiese lui.

Viola aprì gli occhi e lo guardò. Era l'uomo che stava per prendere la sua verginità e farla diventare una donna, prima di morire. Aveva paura, ma sapeva di averne bisogno, di sapere cosa significasse essere una donna. Nonostante la paura, si costrinse a sorridere. «Niente».

Dante si sistemò sopra di lei, allargandole le cosce con il suo corpo. La sua asta dura era in bilico all'apice delle sue cosce, dove il dolore pulsante che lei non riusciva a descrivere stava diventando più forte.

«Mi fai eccitare e diventare così duro», le disse, stringendo la mascella, come se stesse esercitando una forte forza su qualcosa o qualcuno. «Non posso più aspettare».

Poi sentì il suo cazzo spesso all'ingresso, poco prima che lui si immergesse in lei.

5

Dante sentì rompere la sua barriera e si bloccò, quando sentì Viola gridare.

«Sei vergine?». Lui si sostenne sui gomiti, togliendo il peso da lei. «Mi hai mentito». La furia lo attraversò. La donna sotto di lui non era una vedova timida, ma una vergine ingenua. Non c'era da stupirsi che fosse stata così titubante, quando lui l'aveva baciata per la prima volta.

Viola evitò il suo sguardo arrabbiato. «L'avresti fatto, se ti avessi detto che ero vergine?».

«Certo che no». Si staccò da lei con uno sbuffo. «Non mi occupo di deflorare gli innocenti».

«E nemmeno quegli uomini al club, quindi ho pensato...».

«Hai pensato di mentirmi. Ho capito. Se questo è un tuo trucco per convincermi a sposarti, allora...».

Lei sgranò gli occhi per lo shock e si alzò a sedere, tirando nervosamente il lenzuolo per coprirsi. «Come osi insinuare che io voglia intrappolarti? Non ho alcun interesse, per te. Volevo solo una notte di passione». Saltò giù dal letto e prese la sua sottoveste dal pavimento.

Notò come le mani di lei tremavano, mentre la tirava sul corpo. «Viola, fermati. Che cosa stai facendo?».

Si infilò i mutandoni e prese il vestito. «Me ne vado».

«E dove vai?».

«Che importanza ha? Ho ottenuto quello per cui sono venuta. Hai fatto quello che volevo che facessi». Lei tirò su col naso e lui sospettò che fosse sull'orlo delle lacrime. Accidenti, quanto odiava le donne che piangevano.

«Non ho ancora fatto nulla. Pensi che sia tutto qui? Sei davvero un'innocente». E per qualche strana ragione, gli piaceva, la sua innocenza. Così come al suo cazzo, ancora duro.

Viola si tirò su il vestito e lui rimase sorpreso dalla velocità con cui lei annodò i lacci sul davanti del corpetto. «Non sono più un'innocente».

Dante saltò giù dal letto, incurante della sua nudità. «Ti ho solo penetrato. Non è stata una scopata».

«Beh, non mi interessa sapere il resto». Afferrò il mantello e la piccola borsa che aveva portato con sé e scappò verso la porta.

Dante rimase congelato. Che cosa era appena successo? Aveva sverginato una ragazza che se l'era svignata dal suo letto prima ancora che lui l'avesse scopata a dovere. Tutto quello che lei avrebbe saputo era il dolore associato all'invasione di lui nel suo canale troppo stretto. Accidenti, come lo aveva preso, per così poco tempo. Se l'avesse saputo, l'avrebbe preparata meglio. Cosa stava dicendo? Se lo avesse saputo, non l'avrebbe mai toccata.

Dannazione, non era così che voleva essere ricordato: come l'uomo che le aveva fatto del male.

Dante imprecò e afferrò i propri vestiti.

NEL MOMENTO in cui l'aria fredda della notte colpì il suo corpo surriscaldato, Viola percepì un dolore sordo nella testa. Come un pugno chiuso, la pressione nella sua testa aumentò: come se la crescita dentro di lei stesse cercando di spingere attraverso il suo cranio e di romperlo, come un pulcino dentro il suo uovo.

In fondo, era stato tutto troppo, per lei: l'attesa e il nervosismo quando era entrata per la prima volta nel circolo, la paura e la devastazione quando era scoppiata la rissa tra Dante e Salvatore, e ora la perdita della sua verginità. Era stato doloroso, anche se il dolore acuto era durato solo un momento. Nel momento in cui lui l'aveva penetrata con la sua virilità, che era chiaramente troppo grande, per una donna come lei, tutte le deliziose sensazioni che i suoi baci e le sue carezze avevano provocato, erano fuggite dal suo corpo. Se il sesso era questo, allora non era più interessata.

Beh, almeno non sarebbe morta vergine. Ora che sapeva di aver sperimentato tutto ciò che si era prefissata, si sentiva vuota. Ma invece di un piacevole vuoto nella sua testa, sentiva un dolore pulsante. Per ore, sarebbe stata in preda a un dolore atroce, se gli avesse permesso di continuare.

Ma non doveva permetterlo. Tutti i punti della sua lista erano stati spuntati. Non c'era motivo di restare. Era meglio chiudere la faccenda adesso.

Viola camminò fino all'angolo successivo, dove una lampada a gas forniva più luce, e si fermò. Allentò il fiocco della sua piccola borsa e la aprì. A parte un fazzoletto, alcune monete e le sue pillole, l'unico altro oggetto che conteneva era la pistola che aveva preso dallo studio di suo padre. Lo aveva osservato abbastanza spesso, mentre la puliva e la caricava. Aveva anche sparato, una volta, in Svizzera, per assicurarsi che funzionasse. Poi l'aveva ricaricata.

Le sue dita divennero improvvisamente gelide, quando estrasse l'arma dalla borsa. Riconobbe i suoi movimenti lenti come un sintomo della sua codardia. Era una vigliacca perché si sarebbe tolta la vita, ma era anche una codarda perché stava esitando a puntarsi la pistola alla tempia.

Si costrinse a fermare la mano tremante. Doveva essere fatto. Non sarebbe rimasta con le mani in mano, aspettando la sua morte, quando non c'era più nulla che volesse dalla vita, quando tutto ciò che sarebbe accaduto d'ora in poi sarebbe stato doloroso. Non ci sarebbe stata più gioia, per lei.

Viola fece un sorriso ironico, ricordando i pochi momenti di pura e totale beatitudine che aveva provato quando Dante l'aveva baciata.

Quelli erano i minuti che voleva ricordare nella sua ora di morte, non il dolore che era seguito o le brutte parole che lui le aveva rivolto.

Un piccolo singhiozzo le squarciò il petto, mentre sollevava l'arma alla testa e chiudeva gli occhi. Armò la pistola e il suono rimbombò nel vicolo, rimbalzando sulle pareti di pietra per dire a tutto il mondo che se ne stava andando. Il suo dito sul grilletto tremava, ma fece un respiro per stabilizzarsi, poi un altro.

Le lacrime superarono le palpebre chiuse e rotolarono giù per le sue guance. Strinse l'indice e sentì qualcosa che colpiva il suo corpo, nel momento in cui risuonò lo sparo.

6

Lo sparo riecheggiò nel vicolo proprio mentre Dante sbatteva con il suo corpo contro Viola e contemporaneamente le strappava la pistola di mano. Si schiantarono sulla strada acciottolata, Dante atterrò sopra di lei. Rotolò immediatamente via da lei, ma lei non si mosse.

Le sue narici sensibili percepirono immediatamente l'odore del sangue di lei. «No!» Urlò. Era arrivato troppo tardi. Quando l'aveva vista in piedi sotto la lampada a gas, aveva esitato, ad avvicinarsi. Non sapeva cosa dirle. Troppo tardi aveva visto la pistola che aveva in mano. Solo quando lei l'aveva sollevata alla tempia, aveva reagito e aveva iniziato a correre.

Dante guardò la ferita sulla testa di Viola, scacciando allo stesso tempo la fame del suo sangue. Avrebbe dovuto vergognarsi di sé stesso. Anche ora, con il sangue che le colava dalla testa, non desiderava altro che assaggiarla. Si scrollò di dosso il pensiero, come un cane si scrolla l'acqua dal pelo.

Esitante, passò la mano sulla ferita, asciugando il sangue, con la paura di quello che avrebbe trovato. Ma le sue dita non incontrarono una ferita aperta. Al contrario, sentì solo un'abrasione. Sanguinava leggermente. Piegò la testa più vicino, concentrando gli occhi sulla ferita. La lampada a gas forniva un po' di luce; la sua superiore visione notturna compensava il resto.

Non c'era alcun foro. Il proiettile l'aveva solo sfiorata e molto probabilmente il modo violento con cui l'aveva fatta cadere a terra l'aveva fatta svenire. Dante premette la mano sul suo petto e cercò il battito cardiaco, anche se poteva sentirlo. Ma aveva bisogno di rassicurarsi. Istintivamente, la sua mano si mosse, toccando un seno. La scostò da lei.

Per gli Dèi, era così depravato che avrebbe persino accarezzato una donna svenuta e ferita. Il suo stomaco brontolò, il profumo del suo sangue dolce assalì i suoi sensi. Era inutile, finché lei sanguinava, anche solo leggermente, dalla ferita alla testa, non sarebbe stato in grado di concentrarsi su nient'altro. Avvicinò le labbra alla ferita e la leccò con un solo colpo di lingua, costringendosi ad allontanarsi immediatamente da lei.

La sua saliva chiuse la ferita e guarì la pelle, ma lui non ci fece caso. Era troppo distratto dal sapore di lei sulla lingua. Il sangue di lei era dolce e ricco, proprio come si aspettava, ma c'era un altro sapore e non riusciva a capire cosa fosse. Sembrava estraneo, proprio come il profumo di lei lo aveva colpito, quando lo aveva inalato per la prima volta al circolo. Sentì un sapore minaccioso. Dante scosse la testa. Probabilmente la sua mente era assuefatta, ancora confusa per lo shock che aveva subito.

Viola aveva cercato di uccidersi per quello che lui le aveva fatto.

Era stato un tale mascalzone? Forse non era migliore di Salvatore. Almeno le ferite che Salvatore lasciava alle donne erano visibili e sarebbero guarite col tempo, ma le ferite che lui aveva lasciato su quella donna innocente erano interiori. Non aveva visto quanto l'aveva ferita. Ma l'aveva ferita così tanto che lei aveva voluto trovare conforto nella morte.

La consapevolezza lo colpì allo stomaco. Aveva cercato di togliersi la vita pochi minuti dopo aver lasciato il suo letto, pochi minuti dopo che lui l'aveva accusata di mentire e di cercare di intrappolarlo. Pochi minuti dopo essere stato dentro di lei, dopo che le aveva fatto del male fisico. Voleva lasciare questo mondo con l'idea sbagliata che il sesso fosse una cosa terribile, che facesse male alle donne. E che lui fosse un amante terribile.

Questa particolare consapevolezza ferì il suo ego.

Nessuna donna con cui era stato aveva mai fatto una cosa del genere, almeno lo sperava. Aveva sempre cercato di assicurarsi che le donne con cui scopava si divertissero. Francamente, era più divertente, per lui, se lo facevano. Ma Viola... l'aveva delusa così tanto che non riusciva nemmeno a sopportare di continuare a vivere. Questo cosa lo rendeva? Più che un cattivo amante, lo rendeva complice della sua morte. Edera una cosa che lui non voleva essere.

Sì, aveva ucciso, ma si trattava di uomini che avevano minacciato la sua vita o quella dei suoi compagni vampiri. Non aveva mai ucciso una persona innocente e non aveva intenzione di iniziare proprio ora. Doveva convincere la donna che giaceva ancora svenuta sul selciato che la vita valeva la pena di essere vissuta. E che valeva la pena fare sesso. Ancora e ancora e ancora.

Sapendo cosa doveva fare, mise la pistola nella tasca del cappotto e prese Viola tra le braccia. Sentì a malapena il suo peso, mentre la trasportava per i quindici minuti necessari a raggiungere casa sua.

Le luci erano accese, quando entrò, e voci e risate gli giunsero attraverso la porta aperta del salotto.

«Dante?» lo chiamò suo fratello Raffaello.

«Non ora». Dante si diresse verso le scale, ma suo fratello era già alla porta e fece un passo nell'atrio.

«Si dice che hai litigato al...». Suo fratello si interruppe. «Dovevi portarti la cena a casa? Pensavo che ne avessimo parlato...».

Dante si girò e affrontò suo fratello. «Non è la cena». Fu sorpreso dal tono difensivo della sua voce.

«Sento odore di sangue».

«È ferita».

Dietro di lui, emerse Isabella. «Che succede?». Sua cognata era affascinante. come sempre. Dante notò che Raffaello le prese immediatamente la mano. Sposi novelli, brontolò internamente Dante.

«Niente. Sto solo aiutando una donna ferita».

A quel punto, anche Isabella sollevò un sopracciglio. Sembrava che la sua nuova cognata avesse già capito che lui non era un buon samaritano.

«Da quando sei così caritatevole, Dante?» lo schernì suo fratello.

Dante fece un respiro profondo. «Posso ricordarti che questa è anche casa mia e che sono affari miei, quello che faccio?».

«Concesso. Tuttavia, vorrei assicurarmi della sicurezza della ragazza, mentre si trova nella nostra casa».

La pazienza di Dante si spezzò. «Beh, guarda il mio fratello improvvisamente corretto. Senza offesa, Isabella, ma sembra che tuo marito abbia dimenticato com'era, prima di sposarti. Ricordo chiaramente che...».

«Comunque sia, le cose sono cambiate». Raffaello portò la mano di Isabella alle sue labbra e le baciò le nocche. «Eravamo d'accordo che non avremmo sottoposto Isabella agli aspetti più raccapriccianti della nostra specie. E questo include portare umani ignari nella nostra casa e...»

Dante si avvicinò di un passo. «E cosa?». Poi abbassò lo sguardo sul viso di Viola, che era appoggiata contro il suo petto. «Non voglio farle del male. Se volete saperlo, stanotte ha cercato di togliersi la vita».

Isabella sussultò per lo shock. «Oh, no. Povera ragazza!».

«Che cosa è successo?» chiese Raffaello, con la voce piena di compassione.

Dante chiuse gli occhi, combattendo con sé stesso su quanto dire a suo fratello. «Era vergine. Ma mi ha mentito e mi ha detto che era una vedova in cerca di... svaghi carnali». Guardò il volto di Isabella, chiedendosi quanto ancora dovesse dire. La moglie di suo fratello si limitò ad ascoltare con il fiato sospeso. «Non è stato... beh, non è stato piacevole, per lei. Ha cercato di uccidersi dieci minuti dopo. Sono stato fortunato a fermarla. Il proiettile l'ha solo sfiorata alla tempia».

Per un momento, nessuno parlò. Il silenzio nell'atrio era assordante.

Si aspettava un commento sprezzante da parte del fratello, ma non arrivò. «Cosa, nessuna battuta?» chiese Dante.

«È meglio che la porti di sopra. Informerò la servitù di fare attenzione a quello che dicono. Devo presumere che non sappia cosa sei?». La voce di Raffaello era calma e composta.

Dante scosse la testa. «No. È già abbastanza grave che lei pensi che il sesso sia una cosa terribile. Come pensi che reagirebbe, se si rendesse conto che uno della nostra specie ha preso la sua verginità?».

Guardò il volto di Viola e la strinse più forte al suo corpo. Lei sembrava così fragile e lui si sentiva come se fosse una bestia che l'aveva attaccata.

E voleva farlo di nuovo.

7

Viola sentì un caldo bozzolo che la circondava e si accoccolò ancora di più in quella morbidezza. Non si aspettava che l'aldilà fosse così morbido e caldo. In effetti, aveva pensato che, come conseguenza del suo atto disperato di suicidio, si sarebbe svegliata all'inferno. Ma quello non sembrava un inferno. C'era, in effetti, l'odore del fumo di un fuoco che bruciava nelle vicinanze, ma nessun odore di zolfo, né di urla. Invece, sentiva un persistente profumo di colonia, la colonia di un uomo. Era strano.

Aprì gli occhi per osservare il nuovo ambiente. Lo shock la fece tirare su a sedere.

Era in un grande letto a baldacchino al centro di una camera da letto riccamente decorata, una camera da letto molto maschile.

«Ah, finalmente sei sveglia».

Viola girò di scatto la testa verso la voce maschile e si bloccò. Dante. Stava seduto su una poltrona vicino al camino e si era appena alzato per dirigersi verso il letto. Lei afferrò le lenzuola e le premette contro il suo corpo, rendendosi conto immediatamente che indossava solo la sottoveste.

«Dovevo metterti più a tuo agio». Il suo tono era di scusa e anche i suoi occhi sembravano sinceri.

«Dove mi trovo?» chiese lei, con il panico che la attanagliava. Lui l'aveva rapita? Che cosa era successo? Ricordava distintamente di aver premuto la pistola contro la tempia e di aver premuto il grilletto.

Dante raggiunse il letto e si sedette sul bordo. Viola lo guardò con sospetto. «Sei a casa mia. Non sapevo dove vivessi, così ti ho portata qui».

Istintivamente la sua mano andò alla tempia. Sentì una piccola abrasione, ma nient'altro.

I suoi occhi seguirono la mano di lei. «Il proiettile ti ha solo sfiorata. L'ho deviato dalla tua mano».

Il suo cuore batté all'impazzata, nel sapere che lui sapeva cosa avesse fatto e che le aveva impedito di portare a termine l'impresa. «Come hai osato?».

«Scusami?». La fronte di Dante si corrugò per la confusione.

«Mi hai sentito. Come hai osato fermarmi? Era una mia scelta». Lei lo colpì con uno sguardo furioso.

«Scelta?». Si alzò in piedi con uno scatto. «Non sapevi cosa stavi facendo. Non puoi ucciderti per una cosa così banale».

«Banale?».

«Sì, banale. La prima esperienza sessuale di una donna non è così piacevole. Non lo sapevi?».

Lui pensava che lei avesse voluto uccidersi perché le aveva fatto male quando l'aveva penetrata? Nella sua vita aveva dovuto affrontare dolori più forti di quel piccolo fastidio che era durato solo pochi secondi. Quanto era egocentrico? «Razza di egocentrico e arrogante! Questo non ha nulla a che fare con te».

Dante la fulminò con lo sguardo. «Ha tutto a che fare con me. Non c'è bisogno di mentirmi. Anzi, sarebbe meglio per tutte le parti coinvolte se mi dicessi la verità. Ovviamente tu non sei una vedova. Credo che questo l'abbiamo già stabilito».

A Viola non piacque il suo tono autoritario e decise di non rendergli le cose facili. Forse pensava di poter comandare le altre donne, ma non lei. «Avrei potuto benissimo essere sposta ed essere ancora vergine se...».

All'improvviso Dante si avvicinò al letto e le prese il mento con il pollice e l'indice. «Mentire non fa parte di te. Quindi smettila, o dovrò fare questo per farti tacere». Le diede un bacio sulle labbra, un bacio così breve che lei poté a malapena godersi la sensazione.

«Non ti ho dato il permesso di baciarmi!» protestò lei e lo spinse via, facendo cadere il lenzuolo nel frattempo.

«Mi hai dato il permesso di fare molto di più». Lui sorrise e abbassò lo sguardo sul suo seno.

Con un movimento a scatti, lei si coprì con il lenzuolo. «Vai, siediti su quella sedia laggiù». Voleva che fosse il più lontano possibile. Quando lui era così vicino, con il suo profumo maschile che la avvolgeva, non riusciva a pensare con chiarezza. Perché, altrimenti, avrebbe voluto tirarlo a letto con lei e chiedergli di baciarla di nuovo come aveva fatto prima di usare la sua enorme virilità su di lei?

Lo sguardo che lui le rivolse poteva essere descritto solo come un'espressione pensierosa. «Se è quello che desideri». Dante si lasciò cadere sulla poltrona e la fissò.

«Ora, se mi dici dove sono i miei indumenti, la borsa e la pistola, mi preparo e me ne vado».

«Non farai nulla del genere».

Viola strinse gli occhi. «Mi stai tenendo prigioniera?».

«È per la tua sicurezza. Per quanto riguarda la tua pistola: devi essere pazza, se pensi che ti restituirei senza problemi un'arma mortale, dopo che hai tentato di ucciderti con essa. No, tu, signorina, resterai qui finché non sarò sicuro che non ci riproverai».

Lei inspirò bruscamente. «Questo non dipende da te. La mia vita è mia e ne farò ciò che voglio».

«Non se posso evitarlo», scattò Dante e si alzò. Sembrò una tigre in gabbia, quando si avvicinò di nuovo al letto. Istintivamente, lei si diresse verso l'altro lato del letto.

«Non puoi farlo».

«Posso fare molto di più. Per cominciare, ti mostrerò che il sesso può essere altrettanto piacevole per una donna quanto per un uomo. E quando te ne renderai conto, non avrai più alcun motivo per toglierti la vita».

Viola lo fissò, semplicemente. Non poteva essere serio. Quell'uomo aveva un senso di egocentrismo del tutto esagerato, che non avrebbe permesso al suo cervello assuefatto di capire che non era lui il motivo del suo desiderio di lasciare questo mondo. E naturalmente, lei non gli avrebbe detto la verità. Non erano affari suoi. Inoltre, non voleva la pietà di nessuno. Per quanto riguardava il fatto che lui le dimostrasse che il sesso era piacevole per le donne... «Come farai?».

A volte desiderava che il suo cervello fosse più veloce della sua lingua, perché chiaramente aveva parlato troppo presto. A giudicare dal suo sorriso compiaciuto, lui si stava godendo la situazione.

«Molto lentamente e molto accuratamente». Lo sguardo che le rivolse la fece rabbrividire. Che Dio l'aiutasse, se lui diceva sul serio.

«Non puoi...».

«-Fare questo?» terminò la frase di lei e saltò sul letto a quattro zampe. «Non sarei così sicuro, se fossi in te».

Un secondo dopo, Dante era a cavalcioni sui suoi fianchi e le premeva la schiena contro i cuscini, con il viso a pochi centimetri da lei. Il corpo di Viola si riscaldò e il suo battito accelerò. Sapendo come aveva reagito ai suoi baci e al suo tocco la volta precedente, le fu impossibile allontanarlo. Si sentiva paralizzata.

Le nocche di lui accarezzarono dolcemente la guancia di lei. «Come sappiamo entrambi, sono più forte di te. Quindi, risparmia il fiato per quando ti troverai ad ansimare aspettando di raggiungere la liberazione. Ma ora, dirò ai domestici di preparare un bagno per te. E quando avrai finito, ti aspetterò al piano di sotto per un pasto».

Il suo istinto di lotta non l'aveva ancora abbandonata. Se lui pensava di poterla facilmente intimidire, non sapeva ancora quanto fosse testarda. «Non farò nulla del genere».

«Bene, allora ti farò il bagno io stesso».

Lo shock la attraversò. «Tu non...».

Il suo sorriso la fermò. Lo avrebbe fatto.

«Bene».

«Questa sì che è una brava ragazza», la lodò, o la stava prendendo in giro?

Quando lui saltò giù dal letto, lei avrebbe dovuto sentirsi sollevata, ma il suo corpo sentì immediatamente la mancanza del suo calore.

Si avvicinò alla porta. «E se ci metti troppo a fare il bagno perché stai cercando di evitarmi, ti tirerò fuori dalla vasca io stesso e ti asciugherò».

Quando lui si lasciò la porta alle spalle, Viola gli tirò un cuscino. «Non sei così irresistibile come pensi!» borbottò sottovoce e avrebbe giurato di averlo sentito ridacchiare, mentre scendeva le scale. Tuttavia, era impossibile che lui l'avesse sentita attraverso la porta chiusa.

8

«Sei pazzo?» sbottò Raffaello.

Dante scrollò le spalle e batté il piede contro la griglia del camino, facendo sibilare il fuoco in risposta. «Cosa vuoi che faccia? Lasciarla libera e permetterle di riprovarci? Non lo farò».

«Sei sorprendentemente protettivo, nei confronti di quella ragazza. Non è da te. Sei sicuro di stare bene?». Il sorriso insolente di Raffaello non fece nulla per calmare la convinzione di Dante.

«Senti chi parla. Ti sei ammorbidito, da quando ti sei sposato».

«Lo sai che posso sentirti, Dante, vero?» chiese Isabella dal divano.

«Stavo solo cercando di togliermi di dosso tuo marito, cara».

«Così non può mettere in dubbio le tue azioni?» chiese lei.

«Sono padrone di me stesso. Quello che faccio non dovrebbe riguardare né te né tuo marito».

«E la ragazza?» si inserì Raffaello e prese posto accanto a sua moglie.

«Prometto che non le verrà fatto alcun male. Non sono un completo bastardo».

«Questo è ancora da vedere», disse Viola, dalla porta.

Dante si alzò di scatto dalla sedia e si girò. Lei entrò nella stanza, indossando l'abito che aveva indossato prima, lo stesso di cui lui l'aveva spogliata molte ore prima. Il ricordo era ancora fresco e gli fece battere il polso. Lui trattenne la reazione accesa dalla sua presenza.

«Sarei andata via, ma sembra che qualcuno abbia sprangato la porta per sbaglio e non riesco a trovare un modo per aprirla». Si girò verso Raffaello, che si era alzato dal divano. «Forse potrebbe assistermi lei, in modo che io possa congedarmi? I miei genitori saranno preoccupati per la mia lunga assenza».

Il suo sorriso era dolce come lo zucchero, ma Dante sapeva che Viola era tutt'altro. E non ci sarebbe cascato.

«Raffaello di Santori», si presentò. «Dante è mio fratello». Poi Raffaello si rivolse alla moglie che si era spostata al suo fianco. «Mia moglie Isabella».

«Piacere. Viola Costa. Mi dispiace di avervi disturbati. Se permettete, vorrei tornare al mio alloggio». Fece un altro dolce sorriso e spostò il suo corpo verso la porta.

Le sue ultime parole riecheggiarono nella testa di Dante. Voleva tornare al suo alloggio, non a casa sua. Strano. Fece un azzardo. «Se me lo permetti, Viola, sarò felice di accompagnarti al suo albergo per assicurarmi che tu sia al sicuro. Dove alloggi?».

«L'Aristo...». Lei chiuse rapidamente la bocca, ma Dante aveva sentito abbastanza.

«Proprio come pensavo. Non tornerai a casa dai tuoi genitori. Azzarderei l'ipotesi che i tuoi genitori non abbiano idea di dove ti trovi». Dal modo in cui le sue guance si colorarono, Dante capì che aveva ragione. «Bene, bene. In questo caso, mi dispiace, mia giovane signora, ma ritengo che sia mio dovere tenerti qui sotto la mia supervisione, dove non potrai farti del male. Sarò lieto di contattare i tuoi genitori, nel frattempo, in modo che possano venire a prenderti».

Viola strinse gli occhi. «Non sarà necessario. Troverò da sola la strada di casa».

«No, no. Insisto. Quando i tuoi genitori saranno arrivati, sarò più che felice di affidarti alle loro cure». Si rivolse a suo fratello. «Credo che sia il minimo che possiamo fare, come veneziani ospitali, non credi, Raffaello?».

Per una volta, suo fratello fu d'accordo, anche se con un cipiglio.

«Temo che non sarebbe saggio permettere a una giovane donna senza un accompagnatore o un compagno di lasciare la nostra casa. Se mi fornisce il nome e l'indirizzo dei suoi genitori, invierò personalmente un messaggero per metterli al corrente della sua posizione, Signorina Costa».

Viola sbuffò e fece qualche passo verso Dante. Lui aveva colto nel segno. Era una fuggitiva e non aveva intenzione di farsi trovare. Meglio così, perché lui la voleva lì con sé. Finché, beh... finché non avesse finito con lei.

«Tu, tu...». La sua pelle luccicava e il suo bel seno si gonfiava ad ogni respiro. Con l'indice, lo colpì al petto. «Tu, tu...».

«Sei a corto di parole, mia cara?» Dante le prese il dito e se lo portò alle labbra, dandogli una leggera carezza. «Ora, che ne dici di mangiare qualcosa? Tutte queste bugie devono averti fatto venire fame».

Viola sbuffò ancora una volta e si allontanò. Dante non poté fare a meno di ridere. Era troppo divertente, litigare con lei. Accidenti, gli piaceva, in una donna.

Isabella mise una mano sul braccio di Viola. «Venga, signorina Costa. Il cuoco ha preparato un bel piatto per noi. Lasciamo gli uomini ai loro discorsi».

VIOLA NON AVEVA SCELTA. Non poteva permettere a Dante o a suo fratello di contattare i suoi genitori. Se lo avessero fatto, i suoi genitori l'avrebbero riportata a casa, nonostante la sua precedente minaccia di provocare uno scandalo. Quando sarebbero tornati tutti a Firenze, sarebbe passato troppo tempo e la sua salute si sarebbe deteriorata al punto da non avere più la forza di mettere in atto la sua minaccia. E i suoi genitori lo sapevano. No, non poteva rischiare che venisse inviato loro un messaggio. Doveva continuare a lasciar credere loro che fosse in Svizzera.

Se solo avesse pensato, prima di parlare, ma Dante aveva immediatamente colto la sua tacita ammissione di alloggiare in un albergo. L'aveva battuta al suo stesso gioco.

Avrebbe dovuto escogitare una strategia per recuperare un po' di terreno, ma prima aveva bisogno di mangiare. Si sentiva affamata. Il suo stomaco brontolò, come a comando.

«Devi essere affamata», disse Isabella e indicò una sedia di fronte alla sua, a un grande tavolo da pranzo.

Viola prese posto e piegò il tovagliolo sulle ginocchia. «Non sono sicura del motivo, però. Ho già cenato».

«Non stasera. Hai dormito per quasi venti ore, dopo che Dante ti ha portato...».

Stupita, Viola la fissò. «Sono qui da ieri?».

«Eri incosciente, quando Dante ti ha messa a letto. Oserei dire che era piuttosto preoccupato per te. Non è da lui». C'era uno sguardo perplesso, sul viso di Isabella. Era una donna straordinariamente bella, con una pelle di seta, occhi verdi ipnotizzanti e lunghi capelli scuri che le ricadevano liberamente sulla testa.

«Non ha motivo di preoccuparsi per me. Sono in grado di prendermi cura di me stessa».

«Visto che hai sollevato questo argomento, perché hai tentato di ucciderti?».

Viola strinse la mascella. Non si aspettava che la donna, esteriormente piacevole, fosse così schietta. «Nessuno in questa casa sembra avere un po' di tatto».

Isabella fece un movimento della mano per minimizzare. «Oh, quello. Colpa di mio marito e di suo fratello. Il loro comportamento tende a diffondersi agli altri. Siamo una famiglia molto anticonvenzionale, per non dire altro».

«Questo significa che Dante rapisce spesso donne ignare?». Si stropicciò il naso e sollevò il mento in un modo scettico. Se la padrona di casa non riusciva a mantenere il giusto decoro, perché avrebbe dovuto farlo lei? Era solo una prigioniera, non era nemmeno un'ospite.

«Qualunque cosa tu voglia sapere su Dante, sono sicuro che sarà felice di dirtela. Ma non spetta a me farlo». Poi cambiò argomento. «Ti piace il fagiano?».

Viola masticò accuratamente la carne divina e deglutì. «Passabile».

«Chiederò al cuoco di preparare qualcosa di diverso, domani, se non hai un debole per il pollame».

«Me ne andrò entro domani, quindi non ti preoccupare». Non potevano sorvegliarla ogni secondo del giorno e della notte. Sarebbe sgattaiolata via presto, quando le loro difese sarebbero state abbassate. Ma nel frattempo, prese un'altra forchettata di carne. Non c'era motivo di soffrire la fame.

«Stai facendo progetti senza di me, Viola?» disse Dante dalla porta.

Come era riuscito ad arrivare così di soppiatto? Non gli diede la soddisfazione di mostrargli quanto fosse sorpresa dalla sua apparizione e prese invece un altro boccone.

«Bene, allora mangia, tesoro mio, poi usciamo. Ci vediamo nell'atrio tra cinque minuti».

Lei fece uno scatto nella sua direzione, ma lui se n'era già andato. Che diavolo aveva in mente?

9

Dante aspettava Viola, con il suo lungo mantello nero avvolto intorno alle spalle e il mantello della ragazza tra le mani. Aveva bisogno di uscire di casa. Se fosse rimasto ancora a lungo sotto l'occhio vigile di suo fratello e di sua cognata, non sarebbe mai riuscito a baciare la ragazza e a iniziare la sua educazione alle arti carnali.

Era il momento di ricordarle quello che avevano fatto la sera prima, non quando lui l'aveva penetrata senza molta preparazione, ma quando si erano baciati. Se non si era sbagliato, la parte dei baci le era piaciuta abbastanza.

Percepì il suo profumo ancora prima che lei uscisse dalla sala da pranzo. Proprio come il suo sangue aveva avuto un sapore diverso quando l'aveva leccato dalla sua tempia, il suo profumo aveva qualcosa di estraneo. Qualcosa che gli faceva desiderare di proteggerla. Non capiva quello strano sentimento. Dopotutto, era un auto proclamato libertino, i cui unici interessi consistevano nella fornicazione e nell'imbottirsi di sangue fresco, fino a provare lo stesso tipo di eccitazione che le droghe producevano negli esseri umani.

Quando posò gli occhi su Viola, mentre entrava risolutamente nell'atrio, il suo istinto protettivo nei suoi confronti aumentò ancora di più. L'aura che percepiva intorno a lei sembrava fragile e in netto contrasto con la lingua tagliente che brandiva contro di lui con tanta facilità. Non che gli dispiacesse. Avrebbe affrontato quella lingua ogni giorno, e ogni notte.

Dante si schiarì la gola e ricacciò i pensieri negli oscuri recessi della propria mente dissoluta. «Eccoti qui».

«Dove stiamo andando?». La sua voce aveva un tono di valutazione.

Fece un passo verso di lei e le fissò il mantello intorno alle spalle, legando il nastro sotto la gola. Poi abbassò la testa per sussurrarle all'orecchio. «In esplorazione».

Prima che lei potesse protestare, lui la portò fuori nella notte. Pochi minuti prima, si era assicurato una gondola e un gondoliere che gli aveva promesso un giro tranquillo attraverso i canali e uno sguardo discreto nella direzione opposta, quando necessario.

Dante aiutò Viola a salire sulla gondola e si strinse sulla comoda panca con lo schienale alto accanto a lei. Lei era minuta, ma lui era così massiccio che non c'era neanche un centimetro di spazio, tra loro.

Mentre il gondoliere si allontanava e li guidava lungo il canale, Dante si mise comodo e fece scivolare un braccio intorno alle spalle di Viola, per stringerla a sé.

«Signore!» protestò lei.

Lui abbassò la testa nella sua direzione. «Ti prego di chiamarmi Dante. Non vorrei che gridassi 'Signore', quando verrai tra le mie braccia. Ora, goditi il viaggio».

Lei non rispose e lui non si aspettava che lo facesse. Per il momento, tutto ciò che voleva era che lei si godesse il tour. Dal momento che aveva ammesso di alloggiare in un hotel, lui sapeva che non era originaria di Venezia. Gli era venuta l'idea di portarla a fare un piccolo giro turistico lungo i pittoreschi canali. Anche di notte, sarebbe stata in grado di vedere molte delle magnifiche dimore e palazzi per cui la città era famosa.

Mentre le indicava diversi edifici e raccontava piccoli aneddoti sugli abitanti, la sentì rilassarsi accanto a lui. Con la coda dell'occhio, notò come lei guardasse con stupore molte delle case imponenti, con la bocca aperta, in evidente ammirazione. Con le dimore illuminate all'interno da enormi lampadari, Dante e Viola intravedevano la grandezza degli interni.

«Bellissimo», sussurrò lei.

Dante era soddisfatto di sé. Viola sembrava apprezzare il giro in gondola. Faceva parte del suo piano per dimostrarle che la vita valeva la pena di essere vissuta, che c'erano bellezza e cose entusiasmanti intorno a lei.

Quando lei improvvisamente rabbrividì accanto a lui, lui la tirò più vicino. «Freddo?».

Lei annuì e lui raggiunse le sue mani piegate. Erano fredde come il ghiaccio. Si maledisse. Solo perché non sentiva il freddo come un umano, non significava che poteva dimenticare il suo benessere. «Mi dispiace, Viola».

Aprì il suo mantello.

«No, così avrai freddo tu», protestò lei.

«No, non succederà. Vieni». Prima che lei potesse protestare, lui la sollevò tra le braccia e la sistemò sulle sue ginocchia. Si spostò di nuovo sulla panchina, prima di chiudere il mantello su entrambi.

«Ma...».

Lui stroncò la sua protesta premendola più vicino al suo petto, tenendo le proprie braccia all'interno del mantello, lontano da occhi indiscreti. «In questo modo saremo entrambi al caldo».

«È per questo?». Lei inclinò il mento, in segno di sfida.

«C'è un secondo motivo».

«Quale sarebbe?».

«Ti è piaciuto, quando ti ho baciato, ieri sera?».

Lei abbassò le palpebre alla sua domanda, ma non disse nulla.

«Vuoi che ti baci di nuovo?».

La risposta fu un cenno quasi impercettibile. L'eccitazione lo attraversò. Non l'aveva fraintesa, la sera prima. Aveva un'altra possibilità. «Allora alza la testa e offrimi le sue labbra».

Lei fece proprio così. Ma invece di rubare un bacio appassionato ed esigente, lui respinse la sua fame di lei e si limitò a sfiorare leggermente le sue labbra. Erano quasi congelate, come le sue mani. Le mordicchiò, accarezzandole con la sua lingua calda nel tentativo di riscaldarla.

Viola chiuse gli occhi e assaporò quel tocco gentile. Dante era diverso dalla sera precedente, meno urgente, meno esigente. Più gentile, più delicato. Ma non per questo meno inebriante. Respirò il suo ricco profumo, una miscela di colonia muschiata, la stessa che aveva sentito nel suo letto, e un forte profumo di terra e cuoio.

Le labbra di lui erano titubanti, contro di lei, si limitavano a sfiorarla leggermente, premendo appena contro le sue. Le sfuggì un gemito frustrato. Voleva che lui la baciasse come l'aveva baciata la sera prima.

«Qualcosa non va?» sussurrò contro le labbra di lei.

«No». Non poteva certo dirgli quello che voleva. Invece, le sue mani andarono alla sua camicia e tirarono, costringendolo a mettere più calore nel bacio. Non gli aveva appena detto che aveva freddo? Lui pensava che il suo piccolo e timido bacio l'avrebbe riscaldata?

Quando premette le labbra contro la bocca di Dante, un gemito sorpreso gli uscì dalla gola. Improvvisamente, lui inclinò la testa e le toccò le labbra, chiedendo di entrare con la lingua. Con un sospiro di sollievo, lei aprì le labbra e lo accolse.

La sua mano scavò nella camicia di lui per tenerlo vicino a sé, in modo che non si fermasse troppo presto. In pochi secondi, il suo bacio si era trasformato da innocente a esigente. Immediatamente, lei sentì il calore accumularsi nel suo ventre e scorrere sul suo corpo, raggiungendo tutte le sue cellule. Si rilassò in lui, si sciolse contro la sua bocca e la sua lingua, si aprì a lui, in modo che potesse esplorarla più a fondo. Nel frattempo, le sue mani lo accarezzavano attraverso la camicia. Si meravigliò della durezza del suo petto muscoloso e del calore che irradiava il suo corpo. Voleva assorbire tutto e avvolgersi nel suo calore e nella sua vicinanza.

Quando la mano di lui si spostò sul lato del busto e raggiunse la parte inferiore del seno, lei sussultò nella sua bocca. Ma lui non si fermò. Al contrario, aumentò la richiesta del suo bacio, facendole dimenticare dove si trovava.

La mano di lui le prese il seno e lo strizzò dolcemente. Lei guaì e si staccò dalla sua bocca. «No, non qui. La gente può vedere».

«Nessuno può vedere quello che faccio sotto il mantello», le assicurò, e le prese di nuovo la bocca, soffocando la sua prossima protesta. Come per sottolineare la sua affermazione, strattonò il corpetto e riuscì a liberarle i seni, lasciando che il materiale si arricciasse appena al di sotto. Ora era un ripiano su cui poggiavano i suoi seni, che lui poteva usare a suo piacimento.

«Dante!». Lei cercò di dirgli che non era decente, ma lui la baciò di nuovo. A ogni bacio, lei era sempre meno in grado di resistere. Il suo corpo sembrava sciogliersi sempre di più a ogni secondo che lui esercitava quella dolce tortura su di lei.

Quando la mano di lui le toccò il seno e le sfiorò il capezzolo, un fulmine le attraversò il cuore. Sciolse tutto ciò che incontrava e lasciava dietro di sé un dolore sconosciuto. Viola si contorse sotto il suo tocco, cercando di placare il desiderio che aveva lasciato.

«Calma, tesoro mio», disse lui e le mordicchiò il collo, mentre le sue dita stuzzicavano la sua carne nuda, trasformando il capezzolo in un picco duro. «Ti darò quello che vuoi».

Come poteva lui sapere cosa voleva lei, quando lei stessa non lo sapeva? Tutto ciò che sapeva era che non voleva che lui smettesse di toccarla. Così, quando la mano di lui lasciò il seno e si abbassò alla vita, lei protestò. «No. Per favore. Voglio...».

La mano di lui le strinse la coscia, il calore che la invase le fece dimenticare i suoi pensieri. «So cosa vuoi».

Era così? Viola lo sperò, perché stava bruciando. Le sue viscere erano doloranti, la zona tra le sue gambe pulsava di un bisogno disperato. Il suo cuore batteva freneticamente e i suoi polmoni bruciavano, mentre ansimava.

Un momento dopo, trattenne il respiro. La mano di Dante scese lungo la gamba e si infilò sotto la gonna. Il panico la attanagliò. «Cosa stai facendo?».

«Ti faccio sentire bene». Le prese in bocca l'orecchio, mordicchiandolo leggermente. Il bruciore la distrasse dal movimento della sua mano, ma solo per un momento.

Quando le dita di lui raggiunsero improvvisamente l'apice delle sue cosce e si infilarono sotto i mutandoni, lei sussultò per la sua audacia.

«Dante», sussurrò, più per protesta, che per incoraggiamento, perché le dita di lui avevano raggiunto l'umidità di rugiada che trasudava da lei. Si tese, quando lo sentì sondare la sua fessura, temendo la penetrazione che le aveva fatto male la sera prima. Si bloccò, cercando di resistere al dolore, ma non accadde nulla. Lui aveva fermato le sue dita.

«Shh», le disse Dante all'orecchio. «Non voglio penetrarti. Voglio solo sentire la tua umidità e accarezzarti».

Lentamente, Viola si rilassò contro la sua mano. Emozioni contrastanti le affollarono la mente. Avrebbe dovuto allontanarlo, non permettergli una tale intimità. Eppure, la sera prima gli aveva permesso molto di più. Non aveva la forza di resistergli, perché proprio come la sera precedente, quando l'aveva baciata, aveva voluto di più di quello che lui stava facendo ora.

E non era quello il motivo per cui era venuta a Venezia? Sperimentare i piaceri della carne? La perdita della sua verginità la sera prima era stata spiacevole, ma quello che Dante stava facendo con le sue dita ora era più che piacevole. La carezza delle sue dita contro la sua carne intima fece sì che il suo corpo si riscaldasse ulteriormente e che il suo cuore aumentasse il suo battito frenetico.

«Ti piace?». La voce roca di Dante scatenò un'altra ondata di calore nel suo corpo.

Prima di potersi fermare, ammise: «Sì».

«Anche a me piace. Sei così morbida, così soffice. E poi...». Mosse il dito ricoperto di rugiada più in alto, lontano dalle sue pieghe, fino a un punto appena sotto i suoi riccioli. «...e poi c'è questo». Strofinò contro la carne sensibile, facendola sussultare. «Sì, credo di aver trovato proprio quello che ti serve».

Mentre lui faceva roteare il dito intorno al fascio di carne più sensibile di qualsiasi altra parte del suo corpo, lei pulsava ancora più forte di prima. Sentì una maggiore umidità trasudare dal suo nucleo. La sua testa cadde all'indietro contro la spalla di lui e lei emise un respiro affannoso.

«Sei così reattiva», la lodò e continuò la sua dolce tortura. Lei si sentì come se fosse senza ossa, tra le sue braccia. Le sue cosce si allargarono per consentirgli un migliore accesso a quel posto speciale. Il ringhio di lui le disse che approvava la sua azione.

Come per ringraziarla, la sua carezza divenne più urgente, la pressione più forte. Stava succedendo qualcosa. Il suo corpo si tese, sia per la paura che per l'attesa. Non sapeva cosa aspettarsi. Viola sapeva solo una cosa. «Non fermarti!» gridò.

Pochi secondi dopo, il suo corpo esplose. La tensione si frantumò in ondate di piacere e delizia sconosciuti, che fluirono attraverso di lei in un'ondata dopo l'altra. Dietro i suoi occhi, vide un'esplosione di luce bianca così intensa che pensò di morire. Era la sua fine.

10

Per la seconda notte di fila, Dante portò Viola a casa sua. Mentre la sera prima era stata incosciente, questa volta era semplicemente addormentata. Dopo averla portata al culmine nella gondola, era crollata contro il suo petto e si era addormentata. E lui non poté fare altro che sorridere, guardando il suo volto sereno. Era la prima volta che la vedeva completamente a suo agio e rilassata. E gli piaceva quella vista. Molto.

Le sue orecchie si drizzarono, quando sentì la voce di suo fratello. Ma questa volta sapeva che non sarebbe stato disturbato, perché la voce di Raffaello proveniva dalla camera da letto. E sua moglie era con lui. Dante benedisse il fatto che i due piccioncini non riuscivano a togliersi le mani di dosso. Per le prossime ore, non avrebbero interferito con i suoi piani.

Con calma portò Viola al piano di sopra, nella sua stanza, dove la adagiò sul letto. In qualche modo, l'immagine sembrava giusta: il suo abito blu scuro contrastava con le lenzuola bianche, e i suoi lunghi capelli scuri si aprivano intorno alla testa come un'aureola. Dante scosse la testa. Si stava intenerendo. Il fatto che lei avesse tentato di uccidersi subito dopo aver lasciato il suo letto aveva distrutto il suo ego. Non le avrebbe permesso di allontanarsi fino a quando il suo ego non si fosse ricostruito più forte di prima: in modo da poter agire come un muro di pietra intorno al suo cuore.

Mentre la spogliava, le sue mani approfittarono delle sue curve lussureggianti, accarezzando, stringendo e strizzando tutto ciò che lei aveva da offrire. Dopo quello che lei gli aveva permesso nella gondola, lui non ci vedeva nulla di male. Quando finalmente lei fu sdraiata sul suo letto nuda, lui si spogliò dei propri vestiti e la raggiunse.

Il fuoco nel camino ardeva vivacemente e forniva un calore confortevole. Dante aveva incaricato un servitore di assicurarsi che la sua stanza fosse ben riscaldata. Voleva che lei fosse comoda senza utilizzare spesse coperte. Perché quello che aveva in mente era meglio farlo sdraiati sopra di esse.

«Viola» le sussurrò e le diede dei piccoli baci sulla bocca.

Alla fine, lei si agitò, le palpebre si aprirono solo di poco. «Hmm?».

«La tua lezione sui piaceri della carne non è ancora finita». Era giusto darle un avvertimento. Poi scivolò lungo il corpo di lei e mise le mani sulle sue cosce, allargandole. Si sistemò nello spazio che aveva creato per sé.

Viola si alzò. «Cosa?». Di colpo completamente sveglia, con gli occhi spalancati, lo fissò sciocata. «Dove sono i miei vestiti?». Cercò di coprirsi con le mani, ma lui le allontanò.

«Se ricordi, ho già visto tutto, in passato. Quindi, non c'è bisogno di coprirti. Ora sdraiati e goditi il piacere».

La bocca di lei si aprì, poi si richiuse, i suoi occhi gli scrutarono il viso per un lungo momento. Lui non riusciva a capire cosa stesse pensando, ma qualcosa stava accadendo, in quella sua bella testa. Quando finalmente lei si sdraiò di nuovo, lui affondò la bocca sul suo sesso.

Inspirò profondamente, per assaporare gli aromi seducenti del suo corpo. I suoi riccioli gli solleticarono la bocca, così si spostò più in basso, fino a quando le labbra si allinearono con la sua fessura umida. Non sapeva se fosse ancora bagnata da quando l'aveva fatta venire in gondola, o se lo fosse di nuovo perché lui l'aveva spogliata, ma era bagnata, gocciolava di miele.

Dante percepì i suoi muscoli tesi, come se temesse che lui le facesse del male. Ma lui non aveva alcuna intenzione di farlo. Tutto ciò che voleva era il suo piacere, solo per accarezzare il suo ego, così si disse.

Tirò fuori la lingua e lambì le umide pieghe femminili, separandole nel processo. Gli umori abbondanti di lei gli scorsero sulla lingua, accendendo le sue papille gustative e infiammando il suo corpo. Aveva il sapore di una mattina di primavera, fresca e innocente.

«Oh!». L'esclamazione ansimante di lei gli diede soddisfazione, e il fatto che avesse rilassato i muscoli allo stesso tempo fu la conferma che voleva che lui continuasse. Non che si sarebbe fermato, a quel punto. Il ripristino del suo ego era troppo importante. Inoltre, leccare la sua deliziosa fica lo rendeva duro come una tavola e più rigido di una brezza mattutina.

Il delizioso bocconcino di cui si nutriva non aveva idea dell'effetto che aveva su di lui, e lui non aveva intenzione di dirglielo. No, non aveva mai voluto dare a una donna quel tipo di potere su di lui. Molto probabilmente, la sua reazione a lei era solo temporanea. L'unico motivo per cui lei lo eccitava in quel modo era perché aveva ferito il suo ego e lo aveva reso bisognoso della sua approvazione. Una volta risolto quel problema, non avrebbe più rappresentato una tentazione, per lui.

Aveva avuto donne più esperte, nel suo letto, donne che sapevano le cose più incredibili su come dare piacere a un uomo. E non aveva mai detto di no. Viola non era quel tipo di donna e, anche se le avesse insegnato, non ci sarebbe stato modo che facesse le cose che lui si aspettava da una donna, soprattutto se voleva che lui rimanesse per un po'.

Il gemito sommesso di Viola gli giunse alle orecchie e lui aumentò la pressione della lingua sulla sua carne morbida. Assorbendo la sua umidità, passò la lingua verso l'alto, verso il piccolo fascio di carne che aveva stuzzicato con le dita in precedenza. Era rimasto sorpreso da quanto fosse stata reattiva al suo tocco e da quanto fosse stato facile trovare il ritmo giusto per farle raggiungere il piacere con tanta violenza. Poteva ancora sentire i tremori che avevano scosso il suo corpo. E anche adesso, sentiva un brivido attraversare il suo stesso corpo al solo ricordo.

La sua perla era gonfia, più di quanto non lo fosse prima. Quando lui la catturò in bocca e vi passò leggermente la lingua, lei si contorse sotto la sua presa, i suoi respiri arrivarono in gemiti superficiali. Con la coda dell'occhio, poteva vedere le mani di lei che si agitavano nelle lenzuola, le nocche quasi bianche per l'intensità con cui sembrava lottare contro le reazioni del suo corpo.

Questo lo fece solo lavorare di più. Con una mano, la allargò, aprendola maggiormente a lui. Con un dito dell'altra mano, la stuzzicò lungo la fessura, senza penetrarla.

I suoi fianchi dondolarono contro di lui, come se volesse costringerlo a entrare dentro di lei. Ma lui non cedette. Invece, la sua lingua si scontrò con la sua perla, il bottoncino ora completamente eretto. Dante si spostò tra le gambe di lei, sistemando il proprio cazzo che sfregava contro le lenzuola. Era teso come una molla carica, pronto a scattare con un secondo di preavviso.

Non gli era mai successo, ma sarebbe potuto venire solo leccando la sua dolce fica. Respinse il suo desiderio e si concentrò sul corpo di lei. Di nuovo, tirò in bocca il fascio di carne e succhiò. Viola emise un forte gemito e si contorse contro di lui.

Un secondo dopo, il corpo di lei ebbe una convulsione. Nello stesso istante, lui infilò un dito nel suo canale e sentì i muscoli di lei contrarsi intorno a lui, mentre l'orgasmo la invadeva. Solo quando il suo corpo si calmò, cosa che sembrò richiedere un'eternità, lui la lasciò e scivolò sul suo corpo, cullandola tra le braccia.

«Oh».

Si tirò indietro e rotolò su un fianco, guardando il viso arrossato di lei. Scoprì che quella vista gli piaceva più di quanto avrebbe dovuto. Ma non aveva dimenticato i propri bisogni. Infatti, il suo uccello ora pulsava dolorosamente. Quando lui gli avvolse la mano intorno e iniziò a pompare, lei abbassò lo sguardo su di lui.

«Sì, guardami, tesoro mio». I suoi occhi su di lui lo eccitarono. «Vedi cosa mi fai? Mi fai diventare così duro che non riesco a trattenermi».

La pressione nelle sue palle aumentò e la sua mano, umida del miele di Viola, si mosse rapidamente su e giù per il suo uccello, stringendolo con la stessa forza con cui sapeva che la sua fica vergine lo avrebbe fatto. Il suo cuore iniziò a battere freneticamente e il suo respiro divenne affannoso. Ma i suoi respiri non erano gli unici a riempire la stanza.

Il respiro di Viola corrispondeva al suo. La sua pelle luccicava per l'umidità che si accumulava sulla fronte e sul collo, mentre i piccoli rivoli iniziavano a scorrere sui seni. Lui guardò quei seni mentre continuava a pompare il pugno. Quando le sfuggì un gemito, sollevò lo sguardo e la guardò in faccia. La vista lo fece andare fuori di testa. Lei si stava leccando le labbra, la sua lingua rosa serpeggiava, come se volesse assaggiarlo.

«Oh, Dio, Viola». Il suo uccello sussultò e, un secondo dopo, il suo seme fuoriuscì, esplodendo contro il ventre di lei e la sua stessa pelle. Ancora e ancora, altro sperma fu rilasciato fino a quando il suo orgasmo non si esaurì e lui si accasciò sulla schiena.

11

Viola era ancora ipnotizzata dopo che Dante aveva ripulito il suo seme da entrambi e l'aveva tirata contro il suo petto. Non aveva mai visto un uomo toccarsi in quel modo. E, per Dio, le era piaciuta, quella vista. Le era venuta l'acquolina in bocca per la voglia di assaggiarlo. Proprio come lui aveva assaggiato lei. Non aveva mai pensato che una cosa del genere fosse possibile, che un uomo avrebbe messo la sua bocca su una donna nel modo in cui l'aveva fatto lui.

Ma quando l'aveva fatto, il suo cervello si era spento e il suo corpo non aveva fatto altro che reagire a lui. Il pensiero di quale beatitudine assoluta fosse capace il suo corpo la fece gioire e disperare allo stesso tempo. Ora che conosceva il vero piacere, come poteva non disperarsi per il fatto che sarebbe morta presto? Fece un piccolo sospiro.

Il petto di Dante si mosse sotto le sue mani. «Non ti è piaciuto?». Le infilò una mano sotto il mento e le fece alzare la testa. C'era un'espressione preoccupata, sul suo viso, quando il suo sguardo incontrò quello di lei. «Ti ha disgustata, quando mi sono toccato?».

«No», protestò lei all'istante. Niente avrebbe potuto essere più lontano dalla verità. Ma come poteva dirgli che l'aveva eccitata, quando si sentiva in imbarazzo per i propri sentimenti dissoluti? «Io...».

«Non devi risparmiare i miei sentimenti. La prossima volta me ne occuperò quando sarò solo».

E privarla della vista sensuale del suo corpo in estasi? «Perché lo faresti?».

Lui le lanciò un'occhiata sorpresa. «Gli uomini hanno bisogno di essere liberati, proprio come...».

Gli mise un dito sulle labbra per fermarlo, quando si rese conto che aveva frainteso la sua domanda. «No, perché vuoi nascondermi questo? Non ti piace che io ti guardi?».

I suoi occhi cambiarono all'istante. Le sue iridi blu brillarono d'oro, ma probabilmente era il bagliore del fuoco a far brillare i suoi occhi di una tonalità così bella. «Ti è piaciuto guardarmi?».

Viola fece un piccolo cenno.

«Ti ha eccitata?».

Più di ogni altra cosa. «Sì».

Dante sollevò la testa e sfiorò le labbra con le sue per un morbido bacio. «Mi piace, quando mi guardi. Sapere che mi hai guardato mentre mi davo piacere mi ha fatto eccitare tantissimo». Fece una pausa e inspirò bruscamente. «Non venivo così forte da molto tempo».

Il solo pensare all'aspetto di lui la fece sentire ancora più calda. Senza pensarci, abbassò la mano e la spostò sul petto di lui. Sentì i muscoli di lui tendersi sotto di lei, mentre continuava il suo percorso verso sud. Si fermò quando raggiunse il nido di capelli ricci.

«Per favore», mormorò Dante contro le sue labbra. «Toccami».

Viola lasciò che la sua mano scivolasse più in basso e incontrò la carne dura che aveva visto toccare da lui prima. Ed era dura, proprio come quando lui si era toccato. Subito dopo essere venuto, la sua virilità era diminuita un po' di dimensioni, ma ora, solo pochi minuti dopo, era di nuovo eretta e dura come il marmo.

Dante emise un respiro affannoso. «Viola».

Lei avvolse la sua piccola mano intorno a lui, senza riuscire a chiudersi del tutto. «Perché è così duro?»

Lui ridacchiò. «Per colpa tua».

«Cosa vuoi dire?». Lei si sollevò su un gomito, continuando ad accarezzare la sua erezione. Le piaceva la sensazione. Nonostante la sua durezza, la superficie era quasi come il velluto, così morbida e liscia.

Le sfiorò leggermente il naso con un dito. «Sei nel mio letto, nuda come il giorno in cui sei nata, e hai un profumo così seducente che nessun uomo con un minimo di battito cardiaco potrebbe trattenersi dal diventare duro, alla tua vista. Ha idea di quanto sia difficile per me non metterti sotto di me in questo momento e scoparti così forte da svenire?».

Lo shock la attraversò e non poté fare a meno di avere un leggero sussulto. Ricordava il dolore provato quando lui l'aveva fatto in precedenza e non voleva che si ripetesse.

DANTE LA FISSÒ negli occhi allargati e capì immediatamente che si era lasciato trasportare. Non avrebbe mai dovuto dire quello che aveva provato. Lei aveva ancora paura di essere penetrata di nuovo e lui aveva fatto la cosa peggiore che potesse fare, ammettendo di volerla scopare e di spingere il suo cazzo duro dentro di lei fino all'orlo.

«Oh, accidenti», imprecò. «Viola, mi dispiace. Per favore, dimentica quello che ho detto».

Solo ora notò che lei aveva abbandonato la presa sul suo cazzo. Ma ora non aveva più importanza. Voleva solo che non avesse paura di lui.

Lei abbassò lo sguardo e distolse l'attenzione da lui. «Capisco. E perché non dovresti ottenere ciò che desideri veramente? Sei stato un buon insegnante. Mi hai mostrato ciò che volevo sapere. È giusto che io paghi, per questo». La sua voce si incrinò.

«Fermati».

«No, sono in debito con te. E non sono una persona che non paga i propri debiti». Lei si staccò dall'abbraccio di lui e si sdraiò sulla schiena. «Vai avanti. Fai quello che vuoi».

Dante saltò giù dal letto e si precipitò al camino, abbastanza lontano da lei per resistere alla tentazione. «No. Non lo farò».

«Ma so che lo vuoi. L'hai detto tu stesso. Non mi dispiace».

Non le dispiaceva? Lui si passò una mano tra i capelli disordinati.

«È proprio questo il punto. Non voglio scoparti solo perché non ti dispiace. Voglio scoparti perché mi vuoi dentro di te. Perché mi desideri. Non perché non ti dispiace». Sputò le parole, cercando di liberarsi del sapore amaro che lasciarono nella sua bocca.

Cosa diavolo c'era di sbagliato, in lui? Non aveva mai rifiutato un'offerta del genere, prima d'ora. E il suo cazzo era duro come sempre. Nemmeno la tiepida offerta di lei era riuscita a farlo sgonfiare. Eppure, eccolo qui, nudo come un bambino e arrapato come un marinaio, con il rifiuto che gli sgorgava dalle labbra. Qualcuno avrebbe dovuto impalarlo per la sua stupidità.

E visto che stava già parlando della sua stupidità, perché mai non l'aveva ancora morsa? Aveva avuto molte opportunità di prendere il suo sangue senza nemmeno usare il suo potere di persuasione. Eppure, non aveva fatto nulla del genere.

Come un docile animale domestico, l'aveva coccolata e si era preso cura dei suoi bisogni, invece di occuparsi dei propri. Era questo che succedeva agli uomini quando le donne calpestavano il loro ego?

Dante strinse le mani a pugno, desiderando prendere a calci qualcuno. Sentì la mascella contrarsi e si rese conto con orrore che il suo lato vampiresco voleva emergere. Il prurito che accompagnava sempre l'allungamento delle sue zanne si stava già diffondendo.

In preda al panico, cercò i suoi vestiti. Quando si diresse verso i suoi indumenti e li strappò dal pavimento, sentì la voce esitante di Viola dal letto. «Ho fatto qualcosa di sbagliato?».

Dante non guardò nella sua direzione per paura di rifarsi gli occhi con il suo corpo e di cedere alla tentazione di prenderla nel modo più selvaggio possibile. In quel modo non avrebbe fatto nessun progresso. Lei non avrebbe mai pompato e ricostruito il suo ego, se l'avesse ferita ora.

«Dormi. Tornerò più tardi».

C'erano ancora diverse ore di notte. Dopo aver dato ai suoi servi istruzioni di non far uscire Viola dalla casa, si incamminò nella notte per cacciare. Aveva bisogno di sangue, e più ne aveva meglio era. Solo quando la sua sete di sangue si fosse placata, si sarebbe permesso di tornare a casa. Allora sarebbe stato in grado di controllare meglio i suoi impulsi carnali. Perché scatenarli su Viola e farle del male non avrebbe placato il suo bisogno di essere perdonato.

Perdonato? Solo quando quella parola gli balenò nella mente, si rese conto che era il senso di colpa che lo stava guidando, perché *lui* l'aveva spinta a puntarsi la pistola alla testa e a premere il grilletto.

Fu allora che capì che le sue azioni e i suoi sentimenti non avevano nulla a che fare con il suo ego. Avevano a che fare con il fatto che le aveva salvato la vita, anche se era stato lui a spingerla a farlo.

Preservarla era la sua missione, ora.

12

Viola si svegliò con un forte mal di testa. Se fosse stata sola, avrebbe emesso un gemito di dolore, ma si ritrovò cullata tra le braccia di Dante. Lui era completamente vestito e dormiva. Il fuoco era spento, ma le braci erano ancora ardenti e fornivano calore sufficiente alla stanza.

Non volendo avvisare Dante della sua condizione, fece quello che faceva sempre per cercare di far sparire il dolore: inspirò ed espirò e immaginò di trovarsi in un prato tranquillo. Rallentò il respiro e cercò di concentrarsi solo sull'immagine nella sua mente, ma questa volta l'immagine non arrivò. Tutto ciò che riusciva a vedere nella sua mente era Dante: il modo in cui l'aveva toccata nella gondola, il modo in cui aveva avvicinato la sua bocca al suo sesso e l'aveva leccata fino a quando lei aveva urlato di piacere. Dante, Dante, Dante. Come una cantilena, il suo nome risuonava nella sua testa.

Invece di rallentare il respiro, lo accelerò. Invece di cadere in un sonno tranquillo in cui non esisteva il dolore, sentì la sua pelle riscaldarsi e il suo stomaco stringersi per il bisogno. Il bisogno di essere toccata. Da Dante.

Dimenticò la sua testa dolorante. Tutto ciò che esisteva ora era il corpo di lui vicino al suo. Viola gli afferrò la mano e la avvicinò al suo seno nudo. Il contatto della pelle sulla pelle la tranquillizzò, ma non era sufficiente. Aveva bisogno che lui la accarezzasse, che le stuzzicasse i capezzoli come aveva fatto prima. Che le strizzasse i seni e facesse sparire il dolore.

Quando lei pose la mano sulla sua e la strinse, stringendo così la mano di lui sul suo seno, lui si agitò. Un borbottio incoerente uscì dalle sue labbra, ma non si svegliò. Lei sospirò con frustrazione. Questo non andava bene.

Guardò la sua forma rilassata, il suo viso quasi morbido e tranquillo nel sonno. E la sua virilità, la durezza che aveva sentito sotto le sue dita la sera prima, non sembrava esserci. Il rigonfiamento sotto il tessuto era più piccolo. Viola lo prese con il palmo della mano e sentì il calore al di sotto. Quando lo strinse delicatamente, Dante si agitò improvvisamente.

Alzò gli occhi verso il viso di lui proprio quando lui aprì di scatto i suoi occhi, con un'espressione stupita che gli attraversò il volto. «Buongiorno», sussurrò.

«Se non togli la mano dalla posizione attuale, non posso garantirti cosa potrebbe sorgere questa mattina, a parte il sole». Lui le rivolse uno sguardo significativo. Ma invece di togliere la mano, lei lo strinse di nuovo. Qualcosa nei suoi occhi le disse che non aveva inteso le sue parole come una minaccia.

«E se non lo facessi?». Lo stuzzicò, improvvisamente molto più sicura di sé, perché sotto la sua mano poteva già sentirlo gonfiarsi. Sembrava che non avesse mentito, la sera prima: la presenza di lei nel suo letto lo eccitava.

«Cosa vuoi?». La voce di lui era più bassa ora, e lei riconobbe il suo rimbombo come eccitazione. La stessa eccitazione che ora la spingeva a toccare la dura lunghezza della sua virilità.

«Di più».

«Vuoi ancora quello che abbiamo fatto ieri sera?».

«Sì, ma questa volta», lei esitò, incerta su come formulare la sua richiesta.

«Questa volta?» Dante chiese.

«Anch'io voglio toccarti».

«Viola, mi ucciderai».

Lei non sarebbe stata violenta, lui doveva saperlo. «Non ti farò del male. Ho visto come l'hai fatto tu. Posso fare...».

Lui espirò. «Non era quello che intendevo. So che non mi farai del male. Ma mi farai perdere il controllo, se mi lascerò toccare. Non capisci? Come posso mostrarti i piaceri della carne, se non riesco a tenermi sotto controllo?».

Non capiva come questo fosse diverso da quello che lui aveva fatto a lei. «Ma io perdo il controllo, quando tu mi tocchi. Non è giusto che io non possa fare lo stesso».

Dante scosse la testa e sospirò. «Immagino di non poterlo contestare, vero?».

«È un sì?».

L'eccitazione la percorse, quando lui annuì. Avrebbe toccato il suo bellissimo corpo, avrebbe pompato la sua asta dura nel palmo della mano e lo avrebbe fatto arrendere a lei nello stesso modo in cui lei si era arresa tra le sue braccia quando lui l'aveva ricoperta di carezze. Si leccò le labbra trepidante.

DANTE GUARDÒ le labbra dischiuse di Viola e sentì quasi il cuore fermarsi. Lei voleva toccarlo, non perché lui l'avesse spinta a farlo o l'avesse baciata senza senso, ma perché... Beh, perché lo voleva? Perché avrebbe voluto accarezzare proprio lo strumento che le aveva causato dolore due notti prima?

Ma le mani impazienti che ora gli aprirono i pantaloni e tirarono fuori il suo uccello completamente eretto erano una testimonianza sufficiente del fatto che lei voleva dargli il piacere del suo tocco. E lui era troppo avanti, per fermarla. Nel momento in cui il suo palmo morbido lo avvolse, lui chiuse gli occhi ed emise un profondo gemito. Non c'era niente di meglio delle sue mani su di lui.

«Va bene, così?» chiese lei, con voce esitante.

«Se va bene?» rantolò, con la gola improvvisamente secca come carta vetrata. «È perfetto». Dopodiché, perse la capacità di parlare e riuscì solo a mugugnare la sua approvazione per le sue tenere attenzioni.

Viola aveva un tocco magico. Almeno, era il modo in cui Dante lo percepiva. La sua mano era decisa, ma gentile. Forte, ma morbida. Pompò la sua asta con maestria, esercitando la giusta pressione e velocità, variando tra colpi lunghi e brevi, alternando una stretta forte e facendo scorrere le dita su e giù per l'asta. Lui amava tutto quello che lei faceva.

Ogni carezza lo spingeva ancora di più verso la follia, perché era proprio quello il punto. Era folle, permetterle di dargli piacere in quel modo, quando sapeva che alla fine avrebbe portato a una sola cosa: lui che affondava il suo uccello nelle morbide pieghe di lei. Che non era quello che lei voleva da lui. Voleva dolcezza e delicatezza, accarezzare e succhiare, baciare e leccare. E lui glielo avrebbe dato, ma mentre lei gli accarezzava l'uccello in quel modo, l'unica cosa che riusciva a pensare era come si sarebbe sentito se la sua fica si fosse stretta intorno a lui in quel modo.

«Oh, Dio, Viola, sto per venire!» gridò nel momento in cui la pressione nelle sue palle aumentò. Poi il suo corpo si scosse contro di lei. Il suo seme schizzò in aria e si sparse sulla mano di lei, oltre che sulla camicia e sui pantaloni. Ma lei non lo lasciò andare. Continuò a pomparlo fino a quando gli ultimi spasmi non si placarono.

Con l'ultimo grammo di forza che gli rimaneva, la tirò contro il suo petto e le diede un bacio sui capelli. «Grazie». La strinse forte contro di lui, non volendo lasciare andare la donna meravigliosa tra le sue braccia. Lei si modellò su di lui in modo così naturale che lui a malapena si accorse di dove finiva lui e iniziava lei.

«Mi è piaciuto». La voce di Viola gli riscaldò il cuore.

«Non quanto a me». Lui ridacchiò e sentì un ampio sorriso formarsi sul suo viso. Chi aveva mai detto che le vergini erano inutili, a letto? Sembrava che quella quasi-vergine fosse una studentessa più brava di quanto fosse lui, come insegnante.

13

«Non possiamo farlo», protestò Viola, arrossendo.
«Certo che possiamo. Non lo sapranno nemmeno».
Negli ultimi tre giorni e notti, Dante aveva a malapena lasciato la casa per nutrirsi, tanto era attratto dal trascorrere del tempo con la sempre più insaziabile Viola. Ora che lui le aveva fatto conoscere le sensazioni di cui era capace il suo corpo, lei sembrava non averne mai abbastanza. Era come se stesse cercando di assorbire tutto e di conservarlo per i periodi di magra.

Le uniche due cose che non aveva fatto erano state scoparla veramente o permetterle di succhiarlo. Con la prima temeva di spaventarla e se lei avesse fatto la seconda, non sarebbe mai stato in grado di controllare la reazione del proprio corpo. Inoltre, non aveva motivo di pensare che lei volesse succhiarlo. Tuttavia, sembrava che lei volesse saperne di più sul sesso, quindi lui aveva deciso di mostrarle cosa facevano gli altri. Dato che la eccitava guardarlo mentre si accarezzava, forse le sarebbe piaciuto guardare un'altra coppia.

«Vieni, penso che potrebbe piacerti. Può essere molto eccitante, guardare qualcuno che fa l'amore».

Notò che le sue guance si arrossarono ulteriormente. Quando lei cercò di abbassare le ciglia per sfuggire al suo sguardo, lui le appoggiò il mento sul palmo della mano e la costrinse a guardarlo. «Ti toccherò, mentre guardi».

Le sue labbra si aprirono e apparve la sua lingua rosa, che si leccava. Lui riconobbe che il suo battito stava accelerando. Poi lei annuì lentamente. «Ma anch'io voglio toccarti».

Dante sorrise e baciò il suo bel naso. «Lo spero». Non era mai stato così di buon umore da quando aveva memoria. In qualche modo Viola faceva emergere il suo lato più leggero.

Poco dopo, dopo averle dato istruzioni su cosa indossare, o meglio non indossare, la prese per mano. A piedi nudi, si intrufolarono in uno dei piccoli ripostigli a lato della camera da letto di suo fratello. Anni prima, Dante aveva scoperto che lo specchio sopra il camino di Raffaello era traslucido, dall'altro lato, permettendo a chiunque ne fosse a conoscenza di spiarlo. Dante lo aveva scoperto solo perché aveva cercato un vecchio libro nella stanza. E sapeva che nessun altro vi aveva accesso, perché lui conservava l'unica chiave.

Non che di solito spiasse il proprio fratello. Non aveva alcun interesse per lui, tuttavia, avrebbe fornito un po' di eccitazione a Viola, e sarebbe stato in un ambiente sicuro.

Quando entrarono nella stanza, Dante chiuse la porta dietro di loro per non essere disturbati. Notò che lo sguardo di Viola si concentrava sui cuscini che giacevano sulla piattaforma di legno rialzata, che inizialmente era stata costruita come deposito.

Dante si era assicurato che l'area fosse pulita e vi aveva steso un numero sufficiente di cuscini, in modo che entrambi potessero stare comodi mentre osservavano Raffaello e sua moglie.

Quando Viola aprì la bocca per dire qualcosa, Dante le mise un dito sulle labbra. «Shh. Dobbiamo fare silenzio. Mio fratello ha un udito eccezionalmente buono». Tutti i vampiri lo avevano.

La condusse su per i quattro gradini fino alla piattaforma e tirò indietro una tenda nera sulla parete su cui era affacciata. Lo specchio dietro di essa era una finestra sulla camera da letto di Raffaello, dove suo fratello stava spogliando Isabella.

«Oh!» Viola sussultò e si girò dall'altra parte per l'imbarazzo.

«Non possono vederci», le assicurò Dante.

Esitante, lei si voltò di nuovo e guardò attraverso il vetro. Dante non guardò quello che succedeva nella stanza di Raffaello. Guardò invece Viola. Le aveva detto di indossare solo un corsetto, calze e reggicalze, e una vestaglia sopra. E la vestaglia era solo perché nessuno la vedesse seminuda mentre camminavano per il corridoio.

Lui indossava solo una vestaglia, senza niente sotto. Già adesso, il suo cazzo era al massimo dell'attenzione, e non l'aveva ancora liberata dalla vestaglia e ammirato il suo corpo poco vestito. Se ne sarebbe occupato subito.

Viola si sedette, piegando le gambe sotto di sé, con gli occhi incollati all'azione nell'altra stanza. Dante lanciò un rapido sguardo nella stessa direzione e vide come Raffaello posava Isabella nuda sul letto, mentre lui stava in piedi sul bordo, nudo e duro.

Dante mise le mani sulle spalle di Viola e le tirò la vestaglia. Senza esitare, lei slacciò la cintura. Era sicuro che non sapesse cosa stesse facendo, tanto era ipnotizzata dallo spettacolo che aveva davanti.

Dante la spogliò della vestaglia. Il corsetto che le aveva fatto indossare era solo un mezzo corsetto: arrivava dalla cima dei peli pubici fino a poco sotto il gonfiore dei seni, presentandoli come su un piatto d'argento. Per lui. Il reggicalze nero abbinato aveva delle strisce di pizzo che correvano lungo le sue deliziose natiche. Le strisce tenevano le calze al loro posto.

Mise le mani sui fianchi di Viola e la sollevò sulle ginocchia, in modo da poter ammirare il suo seducente sedere a forma di cuore. Le sue mani scivolarono verso il basso per accarezzarla e un morbido gemito uscì dalle labbra di lei.

Le scostò i lunghi capelli da un lato, esponendo il collo pallido. Senza fretta, accarezzò con le dita la vena turgida che pulsava sotto la pelle di seta. Le sue labbra desideravano un assaggio e scesero sulla carne di lei. Accolse il tremito di Viola con pura soddisfazione maschile. Sapere che il suo tocco la eccitava lo rese ancora più duro di quanto non fosse già.

«Sussurrami quello che vedi».

«Non posso».

Le baciò il collo, succhiando brevemente la pelle morbida nella sua bocca. Poi fece scivolare la mano verso il suo sedere invitante e accarezzò le sue natiche perfette. Un respiro affannoso fu la sua risposta.

«Per favore, dimmi cosa vedi».

Sentì il cuore di lei battere freneticamente. «Le sta allargando le gambe. Molto». La sua voce era bassa, più roca di quanto l'avesse mai sentita.

«Voglio che anche tu allarghi le gambe», le ordinò.

Lei aprì le ginocchia. Immediatamente, l'aroma della sua eccitazione divenne più forte, stuzzicando le sue narici nel modo più seducente. La mano di lui scese tra le cosce di lei e si protese in avanti.

«È tra le sue gambe e... sta sbattendo contro di lei. Oh, Dio!».

Dante fece scorrere il dito lungo le sue pieghe fradice, ricoprendosi della sua ricca umidità. Poi si protese in avanti e circondò la sua perla. Lei mugolò, il suo corpo iniziò a tremare di nuovo.

«Lui va avanti e indietro e a lei... piace». C'era confusione, nella sua voce, come se Viola non si fosse aspettata la reazione di Isabella al tocco del marito.

Dante staccò la mano dalla sua perla e stuzzicò la sua fessura bagnata con le dita, scivolando lungo la carne calda in colpi lunghi e lenti, bagnandosi del suo miele.

«Sì, le piace che il cazzo duro di suo marito sia dentro di lei, che la riempia, che allarghi il suo canale stretto. Vuole di più? Lo sta incoraggiando?».

Sentì Viola annuire. «Sì, si sta aggrappando ai suoi fianchi. Lo sta tirando verso di sé. Vuole di più. Più a fondo. Più forte». Ogni parola veniva detta ansimando. Il corpo di Viola si muoveva ritmicamente contro la sua mano. «Più a fondo, più forte», cantilenò.

Alle sue parole, Dante perse il controllo. Senza pensare, fece scivolare il dito in profondità dentro di lei. Lei si agitò contro di lui come se volesse di più. Un 'più a fondo' sussurrato lo fece trasalire, ma lui si adeguò. Ritirando il dito, si tuffò di nuovo dentro di lei. Il suo canale era ancora più stretto di quanto si aspettasse e infinitamente più allettante di qualsiasi altra cosa gli fosse mai stata offerta.

Dante si spinse dentro di lei ancora e ancora, mentre con l'altra mano catturava un seno e le pizzicava il capezzolo duro.

Viola gridò e gettò la testa all'indietro. «Ancora. Sì, lei ama il suo cazzo». Le sue parole sembravano un delirio. «Vuole essere riempita. Allargata».

Poi lui capì. Stava fingendo di essere un'altra persona per poter pretendere ciò che voleva. «Vuole il suo cazzo dentro di lei?». Chiese e trattenne il respiro. Avrebbe voluto il suo cazzo?

Viola ansimava pesantemente. Il suo battito era accelerato. «Vuole che il suo grosso cazzo la riempia».

«È sicura di volere questo? Il suo cazzo dentro di lei?». Dante continuò a pompare il suo dito dentro e fuori di lei, aumentando il ritmo, non volendo che lei uscisse dal suo stato di trance. La stava allargando per prepararla all'invasione del suo cazzo.

«Sì».

Alla sua risposta, Dante la spinse in avanti e la premette contro i cuscini. Poi staccò il dito dalla fica e le allargò le gambe. La vista del suo bellissimo sedere rotondo e inclinato gli diede una visione perfetta dei suoi petali scintillanti e quasi lo privò del suo controllo. Si strappò di dosso la vestaglia e si sistemò tra le sue cosce, con il cazzo teso e pronto.

«Adesso», sussurrò lei. «Ha bisogno del suo cazzo adesso».

Lei era distesa davanti a lui per il suo piacere. Dante non poteva più aspettare. Spinse il suo cazzo in avanti, contro le pieghe umide di lei. «Di più».

«Tutto», mormorò lui. «Ti darò tutto». E poi lentamente, senza fretta, entrò in lei. Il suo canale si allargò, accogliendolo, ma allo stesso tempo lo strizzò come un guanto stretto. Era il paradiso.

Quando lui fu dentro di lei fino alle palle, lei sussultò. Lui fermò il suo movimento e osservò la sua reazione.

Viola girò la testa e lo guardò. «Dante», fu tutto ciò che disse, ma dal modo in cui lo disse, con il respiro che le usciva dai polmoni, le labbra che brillavano e le guance arrossate, lui sapeva che sarebbe andato tutto bene. I suoi occhi lo confermarono. Il desiderio in essi era innegabile.

«Viola, tesoro mio».

La penetrò a fondo e per alcuni secondi agonizzanti pensò che sarebbe venuto all'istante. Ma non poteva permetterlo, perché aveva bisogno di qualcosa di più di un'avventura veloce. Aveva bisogno di guardarla negli occhi e di baciarla, di sapere che lei lo vedeva, che sapeva che era lui, a fare l'amore con lei.

Dante si tirò fuori da lei, ignorando il suo sospiro deluso, e la fece rotolare sulla schiena prima di spingersi di nuovo dentro di lei. «Ho bisogno di vederti».

Senza darle un secondo di tregua, le baciò le labbra rosse e inclinò la testa per catturare più cose di lei. Lei rispose accarezzandogli la lingua con la sua, invitandolo nella deliziosa cavità della sua bocca.

14

Il bacio di Dante la riportò alla realtà e, per una volta, la realtà era più bella della sua fantasia. Non era come l'accoppiamento che aveva sperimentato con lui la prima notte, nella squallida locanda in cui l'aveva portata. Non era nemmeno come le cose che avevano fatto negli ultimi tre giorni, i tocchi, i baci, le carezze. Era tutto, e di più.

Quella volta, Viola non sentì alcun dolore. Il suo corpo lo accettò, l'umidità che era già trasudata dal suo canale gli permise di entrare facilmente, nonostante la sua impressionante dimensione. E lui si era preso il suo tempo, avanzando lentamente, come se fosse stato pronto a tirarsi fuori nel momento in cui lei avesse espresso una preoccupazione. Ma era stato perfetto.

La pienezza che sperimentò e che fece formicolare tutte le sue terminazioni nervose era diversa dal modo in cui il suo corpo si sentiva quando lui la toccava con la bocca e le dita. Il suo cazzo dentro di lei la fece sentire completa. Non poteva descriverlo in altro modo. E ne voleva ancora.

Quando Dante interruppe il bacio, lei gli rivolse un'occhiata stupita. «Qualcosa non va?».

Lui fece il sorriso più malizioso che lei gli avesse mai visto sfoderare. «No. Tieni gli occhi aperti. Voglio che tu veda con chi stai facendo l'amore».

L'insistenza nella sua voce la sorprese e la fece guardare a lui con occhi diversi. Era cambiato qualcosa, tra loro? Improvvisamente, sembrava più del semplice insegnante che era diventato. Ora era solo un uomo i cui occhi le dicevano che intendeva trarre piacere senza trattenersi e senza lasciarla indietro.

Un brivido le attraversò il corpo per la promessa sottesa al suo sguardo. Non riuscì a staccarsi da quella vista. Quando lei gli infilò le mani nei capelli e lo tirò a sé per un altro bacio, lui iniziò a spingere dentro di lei con un ritmo lento e costante. La sua lingua la esplorò allo stesso ritmo, spingendo e poi ritirandosi, imitando l'azione della sua asta.

A ogni movimento, la temperatura del suo corpo aumentava. Il sudore le si accumulava sulla fronte e sul collo. Il suo cuore batteva freneticamente, più veloce e irregolare che mai, come se stesse correndo verso un traguardo.

Il suo grembo si strinse e lei era certa che il suo cazzo arrivasse in profondità a ogni spinta. Mosse i fianchi, desiderando aumentare la pressione, sbattendo contro il suo corpo, mentre lui si immergeva in lei. Un basso gemito uscì dalle labbra di lui, mentre le strappava dalla bocca di lei. «Oh Dio, Viola, mi toglierai il controllo».

Ma non rallentò né alleggerì i suoi movimenti. Piuttosto, li accelerò. I loro fianchi si muovevano l'uno contro l'altro, ogni volta più forte, facendo ronzare il suo corpo e formicolare di eccitazione la sua perla. Ora conosceva i segnali del suo corpo. Dante le aveva insegnato bene. Sapeva che la tensione che ora si accumulava nel suo sesso, il calore che le attraversava il corpo, mentre lui la riempiva e la allargava, era la stessa sensazione che provava ogni volta che lui leccava o toccava il suo centro del piacere.

«Oh, sì, Dante, sì, ti prego, di più».

E lui le diede di più. La cavalcò più forte, la prese con più intensità, allargandola più di quanto lei pensasse che il suo corpo fosse in grado di fare. Con le labbra, fece lo stesso: catturò la sua bocca come se fosse un conquistatore intenzionato a reclamare un nuovo continente per sé.

Le sue mani accarezzavano ovunque potessero arrivare: il suo viso, il suo seno, il suo collo. Come se non ne avesse mai abbastanza di lei, così come lei non poteva fare altro che lasciarsi andare a lui.

I capelli di Dante erano bagnati dal sudore, rivoli di umidità gli scorrevano lungo il collo e il petto, bagnando lei, i suoi seni scivolavano contro di lui, i capezzoli duri e sensibili bruciavano al contatto. Niente era mai stato così bello.

«Sì, oh, sì», esclamò lui, poi le diede dei baci a bocca aperta sul collo. «Sei troppo dolce. Troppo».

Sentì i denti di lui sfiorare la sua pelle, la sensazione estranea la fece tremare di lussuria. Inclinò la testa, sperando che lui ripetesse l'azione, e di nuovo i suoi denti sfiorarono la sua pelle.

DANTE MORDICCHIÒ la pelle sensibile del collo di Viola e sentì la vena turgida pulsare sotto di essa. Tutto il suo corpo era arrotolato come una molla tesa, che gli urlava di prendere il suo sangue. E il modo in cui lei inclinava la testa di lato per consentirgli un accesso migliore rendeva ancora più difficile resistere. Ma doveva farlo.

Se avesse bevuto da lei, avrebbe dovuto usare i suoi poteri di persuasione per cancellare la sua memoria in modo che non ricordasse, e questa era l'ultima cosa che voleva. Voleva che Viola ricordasse ogni singolo secondo del loro rapporto d'amore. Voleva che nulla fosse tralasciato. Per giorni, si erano dati piacere solo attraverso baci e carezze. Ora che finalmente era in profondità nel suo corpo divino, non poteva buttare via quelle sensazioni per placare la sua sete di sangue. Aveva bisogno di sperimentare il suo primo orgasmo dentro di lei e aveva bisogno che lei fosse lì con lui, percependo il momento in cui il suo seme si sarebbe riversato dentro di lei.

Dante respinse il desiderio del suo sangue e le baciò il collo, inspirando il suo profumo inebriante. Il suo cazzo si muoveva dentro e fuori dal suo corpo con colpi lunghi e desiderosi, spingendosi ogni volta più in profondità. Il suo canale era così deliziosamente stretto che non riusciva a ricordare perché fosse sempre stato contrario a scopare con le vergini. Lei era calda e vellutata, e le sue risposte erano così oneste e reali, che lui seppe che nessun'altra donna che aveva avuto nel suo letto aveva mai reagito veramente così. Nessuna donna si era mai aperta a lui come aveva fatto Viola. Come stava facendo ora.

dante sollevò le labbra dal suo collo e la guardò. I suoi occhi erano dilatati dalla passione, la sua pelle era arrossata. Era lo spettacolo più bello che avesse mai visto. «Vola con me», sussurrò contro le sue labbra e le spinse i fianchi contro, spingendo il suo cazzo più in profondità.

Poi le prese le labbra e riversò tutto quello che aveva in quel bacio. Ogni grammo di passione, di lussuria e di affetto che adesso provava per lei. La sua mano scivolò tra i loro corpi e raggiunse il triangolo di riccioli di lei, dove le sue dita premettero contro la sua perla. Un gemito dalle labbra di lei gli disse che aveva trovato il punto giusto.

«Sì, vieni con me. Ora».

Lui sfregò contro il suo bottone ingrossato e spinse la sua asta in profondità dentro di lei. I muscoli di lei lo afferrarono come mai prima, stringendo e poi rilasciando. Lui sentì fisicamente le ondate che attraversavano il corpo di lei e si lasciò andare. Un secondo dopo, si unì a lei nel suo orgasmo, sparando caldi flussi di seme in profondità nella sua fica accogliente, fino a quando lei non lo ebbe svuotato fino all'ultima goccia.

Senza lasciare il corpo caldo di lei, rotolò di lato, tenendola tra le braccia, stretta al suo petto. «Non ho mai provato niente di così perfetto». Si sorprese delle sue stesse parole. Non era mai stato uno che diceva a una donna cosa provava.

Il respiro di lei gli accarezzò il collo e lui si rese conto che gli piaceva molto quella sensazione, mentre di solito dopo il sesso preferiva una certa distanza. «Mi è piaciuto molto». Le parole di lei gli scaldarono il cuore. E quelle successive gli fecero battere il cuore ancora più forte. «Possiamo rifarlo?».

«Dammi dieci minuti e potremo fare tutto quello che vuoi». E anche tutto ciò che Dante desiderava. Viola sotto di lui, Viola sopra di lui, Viola davanti a lui. Viola, Viola. Finché non fosse stato ubriaco del suo profumo e del suo sapore.

15

Nonostante la splendida notte trascorsa con Dante, Viola si svegliò con un forte mal di testa. Non volendo avvertirlo del suo dolore, si alzò di nascosto dal letto e prese una delle pillole dalla sua borsa. Il medico gliele aveva date, ma aveva detto che non sarebbero servite a lungo. Una volta che il dolore fosse diventato troppo forte, le pillole non avrebbero più avuto effetto.

Sapendo che ci sarebbe voluto un po' di tempo prima che la medicina attenuasse il dolore, scese in salotto indossando solo la vestaglia. La casa era tranquilla. Nemmeno la servitù sembrava essere sveglia. Era una casa strana, doveva ammetterlo. Per cominciare, nessuno si alzava prima di metà pomeriggio, tranne forse Isabella, a volte, ma né Raffaello né Dante si alzavano mai dal letto prima.

Era anche strano che i due uomini non si unissero mai a loro per i pasti. Sembravano sempre avere altri programmi. Questo non sembrava disturbare Isabella, e non l'aveva mai notata lamentarsi con suo marito per non aver cenato con lei. Tuttavia, Isabella era sempre felice che Viola si unisse a lei nella sala da pranzo. E considerando l'attività fisica che lei e Dante svolgevano per la maggior parte della notte, Viola era sempre affamata.

Non era chiaro cosa facessero Dante o Raffaello per guadagnarsi da vivere. Ma entrambi sembravano ridicolmente ricchi. Il che rendeva molto curioso il fatto che condividessero una casa.

Una nuova ondata di dolore interruppe il suo processo di pensiero e la fece afferrare il divano. Riuscì a sedersi, prima che il dolore la facesse cadere in ginocchio. Chiuse gli occhi, grata che anche durante il giorno la servitù tenesse le tende tirate, lasciando entrare in casa solo una luce minima. Sebbene l'avesse trovato strano, all'inizio, ora ne era grata, perché la luce sembrava peggiorare il suo mal di testa.

Viola si appoggiò ai cuscini e inspirò ed espirò lentamente. Che fosse la respirazione o l'effetto della pillola che aveva ingerito, il dolore si attenuò e si ridusse a un dolore sordo, che, pur non essendo piacevole, era sopportabile. Le permise di lasciare che la sua mente tornasse a Dante.

Era stata fortunata, a incontrarlo. Nonostante il dolore iniziale che le aveva provocato, e si rendeva conto che probabilmente l'avrebbe provocato qualsiasi uomo, non avrebbe potuto trovare un amante migliore per introdurla ai meravigliosi piaceri che uomini e donne potevano darsi reciprocamente. Inizialmente, era stata imbarazzata dalla reazione del suo corpo a lui e da ciò che gli aveva permesso di fare. Ma considerando la sua situazione unica, aveva messo da parte quei pensieri.

Non aveva nulla da perdere. Niente di importante per lei, comunque. La sua reputazione non significava nulla. Non era come se avesse avuto una lunga vita davanti a sé, durante la quale rimpiangere la perdita della sua verginità o la vita dissoluta che si era trovata a vivere: condividere la casa e il letto di un estraneo che, anche se fosse sopravvissuta, non si sarebbe mai offerto per lei. Non quando era vergine, e certamente non ora, dopo tutte le cose che aveva fatto. Nessun uomo avrebbe voluto una donna sporca come lei, non per moglie, comunque.

Viola scosse la testa, cercando di allontanare quegli stupidi pensieri. Non doveva pensare al matrimonio e a tutte le cose che ne derivavano, quando sapeva che erano fuori dalla sua portata. Doveva essere grata: almeno aveva conosciuto la vera beatitudine tra le braccia di un uomo, un uomo così passionale che le faceva tremare le ginocchia e il cuore ogni volta che le lanciava quello sguardo lussurioso che le diceva che voleva mangiarla viva.

Per qualche altro giorno, avrebbe goduto di ciò che lui le stava dando così liberamente. Avrebbe assorbito tutto e si sarebbe crogiolata nelle sensazioni che Dante aveva suscitato in lei. Ma sapeva che non poteva durare. Già ora sentiva il dolore alla testa aumentare. Forse la fine stava arrivando prima di quanto il suo medico si aspettasse. Il suo piano per porre fine alla sua vita prima di non essere in grado di prendere il controllo del suo corpo era ancora in atto. Lo avrebbe eseguito, quando avesse capito che l'inevitabile era imminente.

Dante si girò tra le lenzuola, le sue mani si strinsero intorno a lui per prendere Viola tra le braccia. Ma il letto era vuoto. Aprì gli occhi e un lampo di vera delusione lo colpì all'improvviso. Dopo aver vissuto il sesso più incredibile della sua vita tra le braccia di Viola, voleva che quelle braccia lo circondassero di nuovo. Adesso. Immediatamente. La sua fame di lei era ancora più forte della sua sete di sangue. E considerando che non si era nutrito per due notti ed era affamato, questa era una rivelazione per lui.

Si rotolò sulla schiena e fissò semplicemente il soffitto. Cosa gli stava succedendo? Non era mai stato il tipo di uomo che passava una notte dopo l'altra con la stessa donna. Gli piaceva la varietà. Amava tutti i tipi di donne diverse.

Dopo la notte precedente, sapeva che il suo ego era tornato saldamente al suo posto, e il senso di colpa che lo aveva tormentato per averla ferita la prima volta era stato spazzato via dalla dichiarazione entusiasta di Viola di volerlo fare di nuovo. E l'avevano fatto di nuovo. E ancora. E ancora, finché lui non aveva perso il conto. E ogni volta, lei lo aveva guardato con quegli occhi scintillanti e aveva sorriso come una gattina che aveva appena scoperto una ciotola infinita di latte caldo.

Il suo petto si gonfiò al pensiero che era stato lui a far apparire quel sorriso sul suo bel viso. Dante sorrise. Voleva farlo di nuovo, perché non ne aveva mai abbastanza, di vederla sorridere. Stranamente, quel pensiero non lo fece correre al riparo come se il sole stesse per sorgere. Forse passare più di una notte con la stessa donna non era così negativo come aveva sempre pensato. Per prima cosa, ormai conosceva così bene il corpo di lei che poteva farla venire ogni volta che lo desiderava, il che accadeva spesso.

Forse suo fratello Raffaello aveva avuto l'idea giusta, sistemandosi e sposando una brava donna. Sembrava felice e, da quello che Dante aveva visto brevemente attraverso lo specchio la sera prima, la loro vita sessuale non era certo noiosa, nonostante la familiarità che ormai dovevano sperimentare. Non ci aveva mai pensato prima. Beh, idee come quelle erano comunque premature. Forse la sua infatuazione per Viola si sarebbe esaurita rapidamente, ora che l'aveva finalmente scopata così a fondo.

Sì, a fondo. E forse era proprio quello il motivo per cui ora la desiderava di nuovo: il suo corpo era ormai in vena di sesso e voleva di più. Era quasi sicuro che fosse quello il motivo. Quasi.

Dante si alzò e si lavò rapidamente, prima di vestirsi e scendere al piano di sotto; le sue narici si infiammarono, quando sentì il profumo di lei. Trovò Viola nel salotto, distesa sul divano, con gli occhi chiusi. Il leggero alzarsi e abbassarsi del suo petto indicava che stava dormendo.

Si abbassò sul divano e la prese in braccio, sollevandola sulle sue ginocchia. Lei si agitò, ma lui si limitò a sistemarla contro il suo petto e a passarle la mano sulla schiena. Lei borbottò qualcosa nel sonno, ma lui non ebbe il coraggio di svegliarla. Sembrava così tranquilla e soddisfatta. Chiuse gli occhi e si rilassò. Con Viola tra le braccia, tutto sembrava molto meglio.

16

«Siete sicuri di non volervi unire a noi?» chiese Isabella, mentre Raffaello le metteva il mantello nero sulle spalle e le porgeva un paio di guanti lunghi.

Suo fratello aveva finalmente capito che Dante aveva in mente solo l'interesse di Viola. E se interpretava correttamente gli occasionali sorrisi di Raffaello, era contento degli sviluppi tra loro. Raffaello lo aveva detto anche il giorno prima.

«Se non ti conoscessi meglio, direi che sei totalmente cotto di lei».

Dante si era limitato a sbuffare e a non rispondere alla domanda implicita del fratello.

«Siamo sicuri». Dante era seduto sulla sua poltrona preferita davanti al camino e, a rendere la situazione ancora più confortevole, c'era il fatto che Viola si stava accoccolando contro di lui, seduta sulle sue ginocchia. Perché avrebbe voluto uscire, quando aveva tutto quello che voleva proprio lì? «Divertitevi. Porterò Viola a ballare un'altra sera».

Quando la porta d'ingresso si chiuse alle loro spalle, guardò le guance rosee e le labbra rosse di Viola, morendo dalla voglia di assaggiarle. «Non volevi andare, vero?».

Lei scosse i suoi lunghi capelli, che le ricadevano sulle spalle nude.

Indossava un abito scollato che lui le aveva ordinato in fretta e furia. Non aveva portato molti vestiti e l'abito blu che aveva indossato quando l'aveva conosciuta aveva iniziato a diventare stropicciato e sporco. Inoltre, gli piaceva vederla in abiti che rivelavano più pelle di quanto non facesse quel vestito.

Nell'ultima settimana erano entrati in una routine confortevole e, con sorpresa di Dante, non si era ancora annoiato di lei. Al contrario, più tempo passava con lei, più desiderava la sua compagnia.

«Preferisco stare qui con te». Fece una pausa. «Da sola».

Al tono suggestivo di lei, il suo cazzo si contorse con impazienza. Conosceva quel tono roco e ciò che implicava. Ed era più che pronto per qualsiasi cosa lei avesse in mente. «Sono il tuo schiavo».

Lei ridacchiò. «Non dici sul serio».

Dante le toccò il naso con un dito. «Dico sul serio. Sei la padrona del mio corpo e del mio cuo...». Cuore, aveva quasi detto. Anche se per scherzo, non poteva permettersi di dire una cosa del genere.

Viola era così dolce che non insistette, non pretese che si dichiarasse. Invece, gli posò un bacio morbido sulle labbra e scivolò via dal suo grembo.

«Non andare», la implorò.

Il sorriso era tornato sul suo volto, la malizia scintillava nei suoi occhi. «Non vado da nessuna parte». Si abbassò sul pavimento tra le sue gambe, allargando le ginocchia di lui, in modo da potersi avvicinare.

Quando lo sguardo di lei cadde sul suo inguine, lui quasi soffocò. Lei non lo aveva mai succhiato. Non l'aveva mai preteso, non l'aveva mai chiesto, nonostante tutte le cose che avevano fatto dentro e fuori dal letto. In qualche modo, aveva sempre sentito che lei non era pronta per questo. Eppure, ora sembrava esserlo.

«Vuoi farlo?».

Lei annuì.

«Qui?».

Un altro cenno.

«Adesso?».

Il suo uccello si impennò e premette contro i pantaloni, desiderando disperatamente di uscire. Aprì con foga il primo bottone. Poi la mano di lei lo fermò.

«Lascia fare a me».

Dante lasciò cadere la testa contro lo schienale della poltrona ed espirò. «Perché ora?». Si sentiva come se fosse morto e fosse andato in paradiso.

«Voglio darti qualcosa che non hai mai chiesto».

Le accarezzò il viso con il palmo della mano e fece scorrere il pollice sulle sue labbra. «Sai che non sei obbligata a farlo». Ma lui lo desiderava. Per Dio, quanto desiderava sentire le sue labbra intorno al suo cazzo.

Viola aprì i bottoni rimanenti e liberò la sua asta dura. «Sei bellissimo».

Il suo respiro sussurrava contro la sua pelle nuda, accarezzandolo, stuzzicandolo. Lui la guardò avvolgere la sua piccola mano intorno a lui e si spostò sulla poltrona per spingere i pantaloni più in basso, permettendole di accedere meglio non solo al suo cazzo, ma anche alle sue palle. Lei lo aiutò a tirare il tessuto fino alle caviglie, in modo che potesse allargare le cosce, aprendosi a lei.

Quando lei si spostò più vicino e si chinò sul suo inguine, lui emise un gemito.

Lei ridacchiò. «Non ho nemmeno iniziato».

«Lo so, tesoro mio, ma non hai idea di cosa possa fare il potere della suggestione, su un uomo. Se non mi prendi subito nella sua bellissima bocca, verrò senza che tu mi tocchi».

«Non possiamo permetterlo».

Un istante dopo la sua risposta mormorata, Dante entrò in paradiso. Invece di una prima timida leccata al suo uccello, come si aspettava, Viola chiuse le labbra intorno a lui e scivolò lungo tutta la sua lunghezza, catturandolo con il suo calore e la sua umidità. Il gemito di lei rimbalzò contro la sua carne sensibile, facendo eco al suo. La sua mano lo circondava intorno alla base, mentre con l'altra gli si appoggiava alla coscia.

Dante le prese la testa con i palmi delle mani e la sostenne delicatamente, senza guidarla. Voleva che lei lo succhiasse come voleva lei:

lento o veloce, per lui non aveva importanza. Già ora sapeva che non sarebbe durato. Il suo corpo bruciava, come se fosse entrato nei raggi del sole, ma era un tipo di fuoco piacevole. Un fuoco che non aveva mai sentito prima. Riscaldante, persuasivo, confortante. Non il fuoco che distrugge, ma il fuoco che nutre.

Riconobbe che era stata Viola ad alimentare quel fuoco in lui e ad accendere quella fiamma: con la sua lingua che leccava su e giù la sua asta, le sue labbra che succhiavano forte, le sue dita che si muovevano su e giù di concerto con la sua bocca. Gli dava morbidezza e calore. E il desiderio che provava per lei? Ora sapeva che sarebbe cresciuto con il tempo, anziché diminuire. Non avrebbe mai potuto lasciarla andare.

«Viola», gridò. «Ho bisogno di te». Non importava quanto fosse giovane e inesperta. L'unica cosa che contava era che tra le sue braccia si sentisse completo.

Dante la guardò in faccia. I suoi occhi erano chiusi, come se amasse veramente quello che gli stava facendo. Non riusciva a staccarsi dalla vista del proprio uccello che spariva tra le sue labbra rosse, per poi riapparire quando lei si ritirava. «Non mi sono mai sentito così bene».

Per qualsiasi altra donna, le sue parole sarebbero state pronunciate come un incoraggiamento a succhiarlo più forte, ma tutto ciò che voleva dire a Viola era che lo stava mettendo in ginocchio. Quando lei spostò la mano e gli prese le palle con la massima delicatezza possibile, lui fece un respiro profondo, sapendo che sarebbe stato l'ultimo, prima che il piacere lo attraversasse.

«Sto per venire», rantolò, cercando di uscire dalla bocca di lei. Con sua sorpresa, lei mantenne la sua bocca saldamente ancorata a lui. Lui esplose dentro di lei e sentì che lei inghiottiva il suo seme. Non una sola goccia fuoriuscì dalle sue labbra.

Non appena ebbe ripreso fiato, la tirò su e sul proprio grembo, coprendo le sue labbra gonfie con le sue e affondando la lingua in lei per dimostrarle quanto questo significasse per lui. Era senza fiato, quando la lasciò andare.

Dante appoggiò la fronte contro la sua, cercando di rallentare il suo cuore che batteva forte, ma non ci riuscì. Troppa eccitazione gli scorreva nelle vene, troppe realizzazioni lo colpivano tutte insieme. «Viola?».

«Dante». Il suo nome le uscì dalle labbra come una carezza.

Qualsiasi cosa avesse voluto dire scomparve. Solo un pensiero prevalse. «Sposami».

17

Viola si staccò dalle sue ginocchia, con gli occhi spalancati dallo shock, come se lui avesse detto qualcosa di veramente spaventoso. La sua bocca si spalancò, mentre faceva qualche passo indietro, con il braccio teso come se cercasse di allontanarlo. Era ciò che stava facendo?

«Viola», disse lui, mentre si tirava su i pantaloni e si alzava dalla sedia.

«No, ti prego. Non credo... non puoi...».

«Dante, eccoti qui». Sentendo la voce, Dante si girò e vide il suo amico Lorenzo entrare nella stanza. Quando lo sguardo di Lorenzo cadde su di lui e poi su Viola, si inchinò brevemente. «Spero di non interrompere nulla».

Dante poté vederlo inspirare e sapeva che a quel punto avrebbe percepito il profumo del sesso nell'aria. Era ancora pesante nella stanza. Quando gli occhi di Lorenzo guizzarono di interesse, Dante gli lanciò un'occhiata di avvertimento. La suggestione lasciva che era chiaramente sulle labbra del suo amico, si spense all'istante.

Almeno un disastro era stato evitato, perché il fatto che il suo amico avesse proposto di condividere Viola per un'ora di puro divertimento non sarebbe successo. Sì, lui e Lorenzo avevano condiviso molte donne, e in tutti i modi possibili, ma non avrebbe mai permesso a un altro uomo di mettere le mani su Viola. Nemmeno al suo migliore amico.

Dante si schiarì la gola. L'interruzione di Lorenzo non poteva arrivare in un momento peggiore. Diavolo, aveva chiesto a Viola di sposarlo, cosa che pensava non avrebbe mai fatto fino a quando le parole non erano uscite dalle sue labbra. E a quanto pareva, lei non credeva che fosse serio. Ma lo era.

«Lorenzo, vedo che riesci ancora a convincere i miei domestici a lasciarti entrare anche quando sono occupato in cose più importanti».

Lorenzo si avvicinò con un sorriso. «Se non lo facessi, ti vedrei raramente. Dove sei stato, per tutta la settimana? Nessuno ti ha visto».

Dante rivolse uno sguardo a Viola, che era in piedi davanti al camino, con un'espressione vuota. Le lanciò un lungo sguardo. «Ero occupato in cose più importanti». Fece una pausa e la guardò negli occhi. «Cose molto più importanti».

L'aria si riempì di tensione, tra loro. Interrompendo il contatto con lei, voltò la testa verso il suo amico, il cui volto era colorato di sorpresa.

«Posso presentarti la signorina Costa? Viola, questo è il mio amico Lorenzo».

«Incantato», rispose Lorenzo e si inchinò in direzione di Viola.

«Signore», gli rispose lei gentilmente.

«Ora che ti sei assicurato che sto bene, vorrei...».

Lorenzo alzò la mano. «Per quanto rispetti la tua riservatezza, dovrai prima ascoltarmi. C'è qualcosa che freme, in città».

Dante sollevò un sopracciglio. «Freme?». Per una volta, non era interessato a farsi coinvolgere in qualcosa che potesse accadere al di fuori delle sue quattro mura.

«Nico è venuto da me, un'ora fa. A quanto pare, hai fatto arrabbiare un uomo che ora sta urlando come un pazzo. Ha detto che gli hai rubato la donna». Lorenzo guardò oltre di lui, verso Viola. «Non che possa biasimarlo».

Dante non doveva essere un lettore della mente per sapere chi poteva avercela con lui. «Immagino che tu ti riferisca a un uomo di nome Salvatore».

Sentì il respiro affannoso di Viola alle sue spalle.

«Proprio lui».

«Non è una minaccia, per me».

«E per lei?».

Dante fece un respiro. «Viola è sotto la mia protezione. Non lascerà questa casa senza di me».

La sentì sussultare alle sue spalle e si voltò. I suoi occhi erano spalancati, ma non era più uno shock. Era incredulità. «Sono ancora tua prigioniera? Pensavo...».

«La tieni prigioniera?» Lorenzo chiese, prima che Dante potesse placare le preoccupazioni di Viola.

«Stanne fuori, Lorenzo. E comunque, non è vero».

«Come hai potuto?». La sua voce era bassa, senza fiato. Le lacrime non versate le rigarono gli occhi, mentre passava davanti a lui e si dirigeva verso la porta.

Non cercò di fermarla, ma non lasciò cadere l'argomento. «Non mi hai ancora dato una risposta, Viola, e io avrò quella risposta. Parleremo quando Lorenzo sarà andato via».

Lei non ascoltò le sue parole e uscì dalla stanza. Lui ascoltò mentre lei saliva le scale, prima di voltarsi verso il suo amico.

«Una risposta a cosa?» gli chiese Lorenzo.

«Da quando sei diventato una lavandaia ficcanaso?».

«Da quando hai iniziato a comportarti in modo strano», ribatté Lorenzo.

«Non mi comporto in modo strano».

«Certo che sì. E sospetto che la ragazza abbia qualcosa a che fare con questo. Da quando ti importa di quello che pensa una puttana?».

Più veloce di un battito di ciglia, Dante afferrò Lorenzo per il colletto e mise a nudo le zanne. «Non è una puttana! È la donna che sposerò!».

L'espressione stupita sul volto di Lorenzo quasi compensò Dante per la brusca interruzione... quasi, ma non del tutto. Lasciò cadere la presa.

«Tu? Prima tuo fratello, ora tu. Cosa c'è, nel sangue che bevete? Perché sicuramente eviterò quella fonte come la peste. State diventando tutti matti?».

«Ti assicuro che mi sento abbastanza bene. Ora, se vuoi scusarmi, devo parlare con Viola e ricevere la sua risposta».

«Vuoi dire che non ha accettato?».

«Non ancora», lo corresse Dante con decisione. Non ancora. Perché non poteva esserci alcun motivo per cui lei non lo volesse. Avevano trascorso una settimana incredibile insieme, dandosi reciprocamente un piacere indicibile. Perché non avrebbe dovuto continuare con la protezione di essere sposata con lui? Perché non avrebbe voluto la sicurezza che il matrimonio le avrebbe garantito?

Certo, il fatto che fosse un vampiro avrebbe giocato contro di lui, ma lei non lo sapeva nemmeno. Ovviamente, non poteva essere il motivo della sua obiezione.

«Beh, buona fortuna a te. Tuttavia, vorrei riportare la sua attenzione su quel Salvatore. Il mio suggerimento è di bloccare la situazione sul nascere e di occuparti di qualsiasi minaccia, prima che si aggravi».

Dante si passò le dita tra i capelli e sospirò. «Cosa stai suggerendo?».

Viola infilò il suo vestito nella borsa e tirò la coulisse. Non sapeva cosa avesse fatto Dante della sua pistola, ma non importava. Se ne sarebbe procurata una nuova a breve. L'unica cosa che contava ora era uscire da casa sua e allontanarsi da lui.

Voleva sposarla. Come poteva farle questo? Come poteva farle balenare quel sogno, quando non avrebbe mai potuto realizzarlo, quando lei sapeva che sarebbe morta in poche settimane? Viola sospirò. Non avrebbe dovuto biasimarlo. Dopotutto, aveva tenuto il suo mal di testa segreto, assicurandosi che lui non avesse mai motivo di credere che non stesse bene.

Sposami. Le parole riecheggiarono nella sua mente, accarezzando il suo cuore. La sollevarono su una nuvola di felicità temporanea, per poi farla precipitare a terra pochi secondi dopo. Lui non aveva detto di amarla, ma glielo si leggeva negli occhi. Nonostante il fatto che l'orgasmo lo avesse attanagliato solo pochi istanti prima, lei aveva riconosciuto che la sua offerta di matrimonio era stata autentica. Non era stato solo un effetto del suo stato alterato dalla lussuria. I suoi occhi si erano aperti e lei aveva guardato nella sua anima.

Un singhiozzo le strappò il petto.

No, non poteva permettersi di crogiolarsi in quei sogni di ciò che avrebbe potuto essere, se solo fosse stata in salute, se solo non fosse stata in punto di morte. Avrebbe portato solo ad altro dolore, per lui e per lei. Se lo avesse lasciato ora, almeno non gli avrebbe spezzato il cuore. Sarebbe stato arrabbiato e deluso, ma il suo amore per lei non poteva ancora essere abbastanza profondo da danneggiare il suo cuore. Ma se lei gli avesse permesso di sposarla, l'avrebbe vista deperire, nelle prossime settimane.

Non voleva ferirlo in quel modo. Aveva fatto troppo, per lei. Non lo avrebbe ripagato infliggendogli dolore.

La sua spiegazione al suo amico Lorenzo che non le sarebbe stato permesso di uscire di casa da sola, le aveva solo dato la scusa necessaria per allontanarlo. Sarebbe stato più facile, andarsene. Non l'avrebbe seguita, se lei l'avesse insultato, insistendo sul fatto che la stava imprigionando. Il suo orgoglio sarebbe stato ferito, il suo ego calpestato, perché credeva, giustamente, che ormai lei fosse rimasta di sua spontanea volontà.

Poteva essere stata prigioniera di Dante la prima notte, e forse anche la seconda, ma poi la scelta di rimanere era stata sua. Non ne avevano mai parlato, ma non lo aveva mai sentito dire ai domestici, a suo fratello o a sua cognata che non le era permesso di andarsene.

Viola si rammaricò che tutto dovesse finire così presto. Gettò un ultimo sguardo al letto che avevano condiviso per una settimana e il suo corpo ricordò immediatamente il piacere che lui le aveva dato, la tenerezza con cui l'aveva ricoperta. Anche ora, il suo grembo si stringeva, per il disperato bisogno del suo tocco. Di un ultimo bacio. Ma non poteva rischiare. Se gli avesse concesso anche solo un ultimo bacio, un ultimo abbraccio, non l'avrebbe mai lasciato.

Le lacrime negli occhi le bruciavano, ma le pianse in silenzio. Nessun suono uscì dalle sue labbra, quando scese le scale, con le scarpe in mano per non fare rumore. Quando raggiunse il pianerottolo, si fermò e ascoltò. Dante e Lorenzo erano ancora nel salotto. La porta era socchiusa e lei poteva sentire solo le loro voci soffocate.

Silenziosa come un topolino in chiesa, raggiunse la pesante porta d'ingresso in quercia e mise la mano sulla maniglia. Viola trattenne il respiro, mentre la spingeva.

18

Dante sentì il tonfo della porta d'ingresso che si chiudeva e si alzò di scatto dalla poltrona. Senza risparmiare uno sguardo a Lorenzo, si precipitò nel corridoio e aprì la porta con uno strattone. I suoi occhi si adattarono immediatamente al buio, mentre cercava nel vicolo male illuminato.

Viola arrivò fino all'angolo della quinta casa prima che lui la raggiungesse e la prendesse tra le braccia.

«No, lasciami andare».

Le sue lotte sarebbero state inutili. Lui non l'avrebbe lasciata andare. Sapeva che anche lei provava dei sentimenti per lui. Quanto fossero profondi, non ne era sicura, ma poteva percepire che lui non le era indifferente. Allora perché non voleva sposarlo?

«Non posso lasciarti andare, Viola».

Lei si divincolò dalla sua presa e lui allentò la pressione per non farle male, ma non la lasciò andare.

«Per favore», lo implorò, e gli occhi le si riempirono di lacrime.

«Ti amo». Lui fece un atto di fede, con le sue parole successive. «E so che anche tu mi ami. Allora, perché mi stai lasciando?».

Lei sollevò il mento e il suo sguardo si scontrò con quello di lui. Le sue labbra tremarono, ma le dischiuse ugualmente. Il suo dolce respiro si diresse verso di lui e lui inspirò ancora di più di lei. «Non funzionerà mai. Ti prego, lasciami andare».

Lui scosse la testa e strinse la mascella. Lei gli stava nascondendo qualcosa, lui lo percepiva. Non riuscì a reprimere un impulso di gelosia. «C'è qualcun altro?».

«No!». La sua protesta fu immediata e veemente. «Ti prego, Dante, se mi ami davvero, devi lasciarmi andare».

«Perché? Dimmi perché». La sua voce rimbalzò sulle pareti degli edifici vicini.

Viola lasciò cadere la testa e le spalle allo stesso tempo. Era sconfitta, ma lui non provava gioia, perché con il suo spirito scomparso, non era più la stessa.

La sua voce era calma e tranquilla, quando finalmente rispose. «Perché sto morendo, Dante. Ho un tumore al cervello. Tra qualche settimana sarò morta. Ecco perché non posso sposarti».

Allentò la presa su di lei, lo shock della sua rivelazione lo indebolì. Lei uscì dalla sua presa, separando il suo corpo da quello di lui. Fu come se un colpo d'aria fredda lo avesse colpito. Per un istante, si sentì stordito e confuso. Ma poi il suo sangue affluì al cervello, che iniziò a girare all'impazzata.

Ora capiva. L'odore e il sapore estraneo del suo sangue indicavano la sua malattia. Era stato il modo in cui il suo corpo gli aveva detto che era malata. E lui non l'aveva riconosciuto. Ma aveva sentito che doveva proteggerla, che era vulnerabile. Quanto vulnerabile, lo capiva solo ora. Ma non le avrebbe permesso di allontanarlo per questo motivo.

«È l'unico motivo per cui non vuoi sposarmi?». Il passo che era pronto a compiere richiedeva che fosse sicuro dei sentimenti di lei. Se non lo amava...

«Non è sufficiente?» sussurrò lei.

Dante la trafisse con gli occhi. «Dimmi la verità. Mi ami?».

Lei emise un singhiozzo, ma nel mezzo lui la sentì dire: «Sì, più di quanto vorrei».

Il suo cuore si rallegrò. «Sei pronta a trascorrere il resto della tua vita con me?».

«Dante, non torturarmi».

«Rispondimi, Viola».

«Sì, voglio trascorrere le mie ultime settimane con te».

Lui scosse la testa. «Non è quello che ho chiesto. Ho chiesto l'eternità».

«Non ho l'eternità, Dante. Non capisci? Me ne sono fatto una ragione. Davvero, l'ho fatto. Ma se avessi l'eternità, non c'è nessuno al mondo con cui preferirei trascorrerla, se non con te».

Dante annuì. «È tutto quello che avevo bisogno di sapere». Lei sarebbe stata sua. Ora che sapeva che lei lo amava, tutto si sarebbe risolto. Le avrebbe rivelato ciò che era: un vampiro, una creatura della notte, una creatura immortale. E avrebbe potuto rendere immortale anche lei, trasformandola in una della loro specie. Tutte le malattie che aveva sarebbero scomparse, quando lui l'avesse prosciugata del suo sangue e nutrita con il proprio. Sarebbe stata quasi indistruttibile, come lui. E sarebbe sopravvissuta. E sarebbe stata sua moglie. Per sempre.

«Vieni, andiamo a casa e ti racconterò della nostra vita insieme. Tu...».

«Attento, Dante!» urlò Lorenzo da dietro di lui.

LE COSE ACCADDERO TROPPO VELOCEMENTE perché gli occhi di Viola, bagnati di lacrime, potessero cogliere tutto. Lorenzo aveva seguito Dante dalla casa, ma c'era anche un'altra ombra, che saltò fuori da un ingresso. Lo riconobbe immediatamente. Salvatore, l'uomo che sarebbe andato a letto con lei, se Dante non avesse interferito.

La luce della luna era sufficiente per farle vedere che lui era armato di una pistola, una pistola che ora puntava verso Dante. Non lo avrebbe permesso. Aveva accettato la propria morte, ma non poteva permettere che l'uomo che amava morisse. Senza pensarci due volte, saltò di fronte a Dante, mentre risuonava uno sparo.

Sentì a malapena il dolore, quando il proiettile le entrò nella schiena. Era una semplice puntura, un bruciore. Forse era così che era, la morte: tutto il dolore scompariva. Altre grida nel vicolo le giunsero alle orecchie, lottando tra loro, mentre altre persone accorrevano. Ma tutto ciò che sentiva era Dante. Il suo corpo forte che la stringeva. La sua voce nell'orecchio: «Oh, Dio, no!».

Altre voci, quella di Lorenzo. «Portatela in casa».

Passi, persone che correvano, voci che risuonavano nel vicolo: la sua mente non riusciva a elaborare tutto quello che stava accadendo.

«L'ho preso... è morto». Raffaello sembrò apparire dal nulla. Quando era tornato dal ballo?

«...ha preso il proiettile». Le arrivavano solo frammenti.

«Resisti, amore mio». Di nuovo la voce confortante di Dante.

«...così tanto sangue. Non ce la farà», sentì Isabella gridare.

Poi la voce rassicurante di Raffaello, bassa e ferma. «Dante se ne occuperà».

Sentì il movimento dei passi di Dante mentre la trasportava, ma i suoi occhi erano troppo annebbiati, per distinguere il suo volto. «Che freddo», borbottò.

«Lo so, amore mio. Tieni duro. Andrà tutto bene. Te lo prometto». Ma lei sentì la paura nella sua voce, la disperazione. Il dolore, lo stesso dolore che lei avrebbe voluto risparmiargli.

«Perdonami, Dante», disse lei, dicendo le poche parole senza fiato.

«No! Tu rimani con me. Mi hai sentito?» urlò lui.

«Qui, sul divano. Devi farlo adesso», disse la voce esortante di Raffaello.

«Lei non lo sa».

«La ami?».

«Sì», disse Dante, con voce ferma e forte.

Poi Viola sentì le sue labbra su di lei, che la baciavano dolcemente. «Ti amo. Ti prego di fidarti di me, lo sto facendo perché ti amo». Poi le sue labbra si spostarono sul collo di lei.

Lei percepì un bruciore sulla pelle. Sentì i suoi denti sfiorarla, ricordandole la notte in cui aveva fatto veramente l'amore con lei per la prima volta. Gemette dolcemente. «Sì».

Quando i denti di lui le trafissero la pelle, lei sussultò, ma il corpo forte di Dante la tenne ferma. Lottò solo per un secondo, prima di abbandonarsi alla sensazione. Le ricordava il sesso: durante il sesso, anche la penetrazione iniziale aveva fatto male, ma solo per un momento. In seguito, era stata piacevole. Proprio come quello.

Viola non aveva mai pensato che avrebbe vissuto la sua morte in modo così vivido, ma invece di addormentarsi semplicemente, stava rivivendo ogni momento del suo tempo con Dante. Come un'immagine in movimento, si riprodusse davanti ai suoi occhi, fino a quando tutto divenne nero e silenzioso. Buio.

19

Il sangue di Viola era ancora sulla lingua di Dante, quando lui si trafisse il polso con le zanne. Aveva prosciugato così tanto il suo sangue che il suo battito cardiaco era sceso a soli venti battiti al minuto. Ora era incosciente, ma ancora viva.

Nonostante il fatto che suo fratello e Isabella si trovassero nel salotto, la casa era stranamente silenziosa. Nessuno dei due aveva detto una parola, da quando Dante aveva iniziato il processo. Tutta la sua concentrazione era su Viola. Se avesse perso il momento in cui il suo corpo avrebbe potuto accettare il suo sangue, sarebbe morta.

Il suo corpo si tese, mentre aspettava che il battito cardiaco di lei rallentasse ulteriormente, e l'intera scena nel vicolo si riprodusse davanti a lui ancora e ancora. Aveva visto Salvatore una frazione di secondo prima che Lorenzo lo avvertisse. Non si era preoccupato della propria sicurezza, aveva pensato solo a mettere Viola in salvo. Non si sarebbe mai aspettato che lei agisse così rapidamente e lo proteggesse dall'assalto di Salvatore. Aveva sacrificato la propria vita per la sua, senza motivo. La pistola di Salvatore non lo avrebbe ferito. Solo i proiettili d'argento avrebbero potuto farlo.

Il cuore di Viola batteva sempre più lentamente.

Era il momento. Sollevò il polso e lo posò sulle labbra chiuse di lei.

«No!». Lorenzo urlò, mentre irrompeva nella stanza. «Fermati, la stai uccidendo!»

Dante alzò la testa e ringhiò.

«Il proiettile è d'argento». Lorenzo allungò il palmo aperto verso di lui. Custodiva un anello.

Lo shock attraversò Dante. Allontanò il polso dalla bocca di Viola. Riconobbe il simbolo sull'anello di onice nero: una croce intersecata da tre onde. Il simbolo dei Guardiani delle Acque Sacre, il gruppo di ricchi veneziani la cui missione era sradicare i vampiri in mezzo a loro. Una società segreta che lui e i suoi colleghi vampiri avevano combattuto per anni.

«L'ho trovato su Salvatore, prima di disfarmi del suo corpo».

«Era un Guardiano?» Raffaello sussultò.

Lorenzo annuì rapidamente. Sapere che Salvatore era stato un membro dell'inafferrabile società poteva portarli un passo avanti nella ricerca dei Guardiani rimanenti. Più tardi, quando Viola fosse stata fuori pericolo.

«Devi estrarre il proiettile, prima di trasformarla», disse Raffaello.

«O morirà», sussurrò Dante, tra sé e sé.

Se avesse lasciato il proiettile d'argento in lei, nel momento in cui l'avrebbe trasformata in un vampiro, il metallo mortale avrebbe bruciato la sua carne dall'interno e l'avrebbe uccisa. Se fosse stata colpita con qualsiasi altra cosa che non fosse l'argento, il suo nuovo corpo di vampiro avrebbe semplicemente espulso l'oggetto estraneo e sarebbe guarito da solo.

Dante passò la mano sul viso di Viola. Facendogli da scudo contro il proiettile di Salvatore, lei gli aveva davvero salvato la vita. Ora lui doveva salvare la sua, o tutto sarebbe stato vano.

Rivolse a suo fratello uno sguardo disperato. «Aiutami».

Senza esitazione, Raffaello fu al suo fianco, con le dita che si allungavano in artigli affilati. Dante scosse la testa. «No, tu tienila. Estrarrò io il proiettile».

Spostò Viola e la trasferì tra le braccia di Raffaello, in modo che la sua schiena e la ferita aperta fossero esposte a lui. Una volta diventata vampiro, il suo corpo sarebbe guarito da solo in pochi minuti. «Velocemente», ordinò Raffaello.

Le dita di Dante si erano già trasformate in artigli. Tagliò gli strati superiori della pelle e dei muscoli, seguendo il percorso del proiettile. Quando toccò il proiettile conficcato in un osso, l'argento gli provocò una scarica di dolore.

Sibilando, strinse i denti e arricciò l'artiglio, staccando l'argento dall'osso. Con un gemito, estrasse il proiettile dal corpo di lei, poi lo lasciò cadere a terra. La sua carne bruciava, nel punto in cui era entrata in contatto con il metallo. Ma ignorò il dolore.

Non c'era più tempo. Non poteva perderla.

Prendendo Viola da Raffaello, le mise il polso sanguinante sulla bocca e le fece aprire le labbra a forza. Il sangue colò, riempiendole la bocca.

«Ingoia, Viola», la esortò. «Ingoia, dannazione».

La sua bocca non si mosse. Il cuore di lui si contrasse. No, aveva bisogno che lei vivesse, per poter vivere. Lei era tutto ciò che voleva. «Per favore», sussurrò. Si chinò sul suo viso e una lacrima solitaria si staccò dal suo occhio. Cadde sulle sue labbra e corse fino all'angolo della bocca, prima di seguire il percorso che il sangue aveva fatto prima. «Non lasciarmi».

Un gorgoglio dalla gola di lei lo fece trasalire. Lei deglutì e fece un respiro.

«Viola!».

I respiri sollevati dei suoi compagni riempirono la stanza. Ma Dante vide solo Viola. Come il suo petto si sollevò quando prese un altro respiro. Come le sue guance diventarono rosee. Come la sua gola stava lavorando per inghiottire il resto del sangue di lui.

«Viola, amore mio». I suoi occhi si aprirono di scatto e lui non poté fare altro che sorriderle.

«Dante, oh Dante, sei ferito? Stai sanguinando». Viola fissò il suo polso.

Lui scosse la testa e rise, pieno di sollievo. Immaginava che il suo primo pensiero sarebbe stato per lui. «No, amore mio, non sono mai stato meglio». Poi la attirò sul suo petto e la strinse a sé. «Ti amo, Viola, ti amo tanto».

«Salvatore», balbettò lei. «Ti ha sparato?».

Dante si allontanò quanto bastava per poterla guardare in faccia. «Ti sei presa tu, il proiettile. Mi hai salvato la vita».

Sul suo volto c'era un'espressione perplessa. «Ma... non capisco. Mi sento bene. In realtà...». Fece una pausa. «Mi sento più che bene. Deve avermi mancata, anche se... ho sentito il proiettile colpirmi».

Le diede un morbido bacio sulle labbra. «Ti hanno sparato. Sei quasi morta. Ti ho tolto il proiettile. Ma non è tutto». Dante guardò suo fratello. Come avrebbe dovuto dirle quello che era successo? Come poteva spiegarle quello che era? Che cosa era anche lei, adesso?

«Diglielo e basta», disse Raffaello.

Dante deglutì a fatica.

«Dirmi cosa?».

Viola fissò Dante, che sembrava insicuro per la prima volta da quando lo aveva conosciuto. C'era qualcosa di strano. Anche se avrebbe giurato di aver sentito l'impatto del proiettile e il dolore che ne era seguito, si sentiva meglio di quanto non si sentisse da tempo. Non era stanca e non c'era nemmeno un accenno del suo solito mal di testa. Nessuna pulsazione, nessun dolore sordo, niente. Si sentiva come prima di ammalarsi. No, meglio. Si sentiva così piena di energia che avrebbe voluto correre in una gara, solo per il gusto di farlo.

Anche tutti i suoi sensi sembravano più acuti. La sua vista era migliore, non che prima fosse pessima, ma ora riusciva a vedere il più piccolo dettaglio dell'abito ricamato di Isabella e persino l'intricata filigrana dei bottoni che ornavano il gilet di Raffaello. Per non parlare del suo olfatto. Le sue narici si dilatarono, mentre inclinava la testa nella direzione di Isabella. Il suo odore era nettamente diverso da quello dei tre uomini nella stanza. Non aveva mai notato la differenza, prima.

«Amore mio». L'affettuosità di Dante la scosse dalle sue osservazioni. «All'inizio potrebbe sembrarti strano, ma c'è qualcosa di importante che devo dirti».

Viola sollevò la mano e gli toccò la guancia. La consapevolezza che lui fosse vivo e in salute era tutto ciò di cui aveva bisogno. Nient'altro poteva essere altrettanto importante.

Dante girò la testa e le baciò il palmo della mano. «Ti ho fatta diventare una di noi».

Le parole di Dante non avevano senso. «Una di voi?».

«Sì, ora sei come me, Raffaello e Lorenzo. Immortale».

Lei si lasciò sfuggire una risata sommessa. «Sei divertente».

«No. Ti ho dato il mio sangue perché tu potessi vivere. Viola, sono un vampiro».

Alla sua affermazione, lei sobbalzò, facendo scivolare la mano dal viso di lui. Non poteva aver sentito bene. «Scusa, puoi ripetere? Credo di aver sentito male».

Dante scosse lentamente la testa. «Hai sentito bene. Sono un vampiro. E ti ho trasformato in una vampira, altrimenti saresti morta. Anche se Salvatore non ti avesse sparato. Mi dispiace, ma non c'era tempo per spiegare. Dovevo agire. Rapidamente».

Viola ascoltò le sue parole. Lentamente, le assimilò.

«Stavi scivolando via. Non potevo lasciarti morire. Dovevo cambiarti all'istante».

Lei cercò di capire le implicazioni delle sue parole. «Tu sei un vampiro? Immortale?».

Lui annuì.

«E lo sono anch'io? Ma il mio tumore al cervello... morirò comunque».

Un caldo sorriso si arricciò sulle labbra di lui e si diffuse su tutto il suo viso.

La speranza sbocciò dentro di lei. «Non è vero?».

«No. Ogni malattia che avevi è stata debellata dalla trasformazione. Sei in salute. Il tuo tumore è scomparso. Sei immortale».

Il tuo tumore è scomparso. Furono le uniche parole che capì veramente. Sarebbe sopravvissuta. La sua vita non era finita. Aveva un'altra possibilità. Il suo cuore si riempì di gioia, rendendolo così pieno che sarebbe scoppiato, se non avesse dato libero sfogo alle sue emozioni.

Le lacrime si spinsero in avanti e uscirono fuori. «Oh, mio Dio».

Il volto di Dante si contorse, come se provasse dolore. «Mi dispiace tanto, Viola». Abbassò la testa ed evitò di guardarla. «Perdonami».

«Perdonarti?». Le aveva dato una nuova vita, il dono più grande che potesse mai desiderare. Non era mai stata così felice. Gli prese il mento e lo costrinse a guardarla. Il rammarico era evidente, nei suoi occhi. Aveva frainteso le sue lacrime. «Ora vorrei dare una risposta alla tua domanda».

«La mia domanda?».

Lei sorrise e si avvicinò a lui. «Voglio essere tua moglie. Per l'etern...». Prima ancora che lei finisse l'ultima parola, le labbra di lui erano sulle sue, baciandola fino a farle perdere il fiato. Le sollevò solo il tempo necessario per farle mormorare un 'sì' contro la sua bocca, prima di reclamarla con la lingua, penetrando in profondità.

Lo schiarirsi di gole nella stanza le ricordò che non erano soli. Dante interruppe il bacio e girò brevemente la testa verso gli altri presenti nella stanza. «Andate via».

Viola ridacchiò. «Questo è scortese, Dante».

«Non mi interessa. Voglio fare l'amore con te adesso».

Raffaello rise di gusto. «L'ultima volta che ho controllato, avevi una camera da letto, mio caro fratello. Ti suggerisco di usarla». Esitò per un breve, secondo prima di continuare. «E, Dante, il ripostiglio accanto alla mia camera è vietato, da ora in poi. Vai a divertirti da un'altra parte».

20

La porta si chiuse con un forte tonfo che riecheggiò in tutta la casa. A Dante non importava cosa pensassero gli altri. Non era nemmeno sorpreso che Raffaello sapesse che avevano guardato lui e Isabella fare l'amore. Dopotutto, Viola era stata piuttosto rumorosa, quella notte, e Raffaello avrebbe captato i suoni con il suo udito superiore di vampiro.

Ma niente di tutto ciò aveva importanza.

Viola era viva e lo aveva accettato per quello che era.

Dante catturò la sua futura moglie tra il suo corpo e la porta alle sue spalle, premendola contro di essa.

«Tuo fratello è arrabbiato con noi?».

«Raffaello? Non credo proprio. Sono sicuro che si è divertito anche lui, sapendo che abbiamo osservato lui e Isabella».

«Ma non possiamo farlo di nuovo». Un sorriso malizioso incurvò la bella bocca di lei.

Dante premette il suo cazzo indurito contro il ventre morbido di lei. «No. Ma sono sicuro di poter organizzare altre cose da guardare, se lo desideri».

Il suo cuore ebbe un sussulto, quando vide Viola alzare un sopracciglio interessato. La sua voce trafelata sottolineava solo la sua eccitazione. «Ah, sì?».

«Tutto quello che vuoi, amore mio. Perché mantenerti soddisfatta è la mia missione». Volle che le sue dita si trasformassero in artigli. Lentamente, assicurandosi che lei vedesse quello che stava per fare, posizionò gli artigli nel punto in cui il décolleté di lei rivelava il suo seno rigoglioso.

Lei inspirò, l'azione spinse la carne più vicina ai suoi artigli affilati, ma non si allontanò. «Cosa hai intenzione di fare?».

Non una domanda, non nel modo in cui l'aveva detto. Era una sfida. Una sfida che lui era più che felice di accettare. Più velocemente di quanto l'occhio di un umano potesse elaborare, tagliò la parte anteriore del corpetto di lei, strappandolo a metà.

«Intendi dire che cosa ho appena fatto?» la corresse.

Viola abbassò lo sguardo sul suo vestito strappato, poi alzò la testa e lo guardò, con gli occhi che brillavano. Lui percepì il potere in lei, il potere di una vampira, e la consapevolezza che lei era sua, che sarebbe stata sua per l'eternità, lo travolse.

«Dio, sei bellissima».

Lei alzò la mano. Davanti ai suoi occhi, le sue dita eleganti si trasformarono in artigli. Gli toccò il collo, accarezzandolo fino al punto in cui il primo bottone della camicia era slacciato. Con un sorriso malizioso, lo tagliò al centro. E i suoi artigli non si fermarono lì, ma fecero solo una pausa di attesa.

Dante ringhiò la sua approvazione. Lei era alla sua altezza, senza paura, audace e insaziabile.

Viola tagliò il tessuto dei suoi pantaloni, evitando con cura la sua dura lunghezza. Lui fece un respiro, quando l'aria fresca colpì la sua eccitazione e le dita di lei, improvvisamente morbide, si arricciarono intorno a lui.

«Sei bellissimo», sussurrò lei, con quella voce roca che lui aveva imparato ad amare, perché gli apriva una finestra sulla sua anima, mettendo a nudo ciò che provava per lui.

Incapace di trattenersi, le strappò il vestito di dosso ed espose la sua nudità ai suoi occhi affamati. «Mia, tutta mia!». Spingendola più forte contro la porta, le catturò le cosce con le mani, le allargò e le sollevò. Il profumo della sua eccitazione era come una droga, ora, travolgente, impossibile da resistere.

Con un gemito profondo, posizionò il suo cazzo al centro di lei e spinse nel suo calore, sbattendola contro la porta.

«Sì!» gridò lei, con le braccia strette intorno al suo collo e le gambe avvolte intorno ai suoi fianchi.

La lussuria e il desiderio lo attraversarono, così come la consapevolezza di non doversi più trattenere. Questo stimolò i suoi fianchi a spingere più forte. Viola era una vampira, ora, forte come lui e indistruttibile. Non poteva farle del male. Ora poteva finalmente mostrarle tutto quello che provava: la ferocia con cui l'amava, la desiderava e aveva bisogno di lei.

Lei era il suo tutto.

«Domani», concluse, «sarai mia moglie».

Lei sbatté le palpebre in segno di assenso.

«Ma stasera, ti farò diventare la mia compagna». Alzò la mano verso il viso di lei e strofinò il dito sulle sue labbra, spingendole ad aprirsi di più.

«Ti voglio», disse lei, senza fiato. Come se sapesse cosa voleva lui, aprì la bocca e mise a nudo i denti.

«Sì», la incoraggiò, mentre il suo cazzo affondava più forte in lei.

Le sue zanne si allungarono, mentre l'istinto la guidava. Le sue iridi erano di una tonalità dorata e pura, proprio come le sue.

Inclinò la testa di lato, offrendole il suo collo. «Più tardi, ti porterò a caccia», disse lui con voce roca, «ma ora voglio che tu beva da me».

Dante avrebbe ricordato per sempre il momento esatto in cui le zanne di Viola si conficcarono nella sua carne per la prima volta. Fu un momento di pura e assoluta beatitudine ed estasi. Una celebrazione dell'amore e della passione, della lussuria e del desiderio. Quando lei risucchiò la sua essenza dentro di sé, l'orgasmo scoppiò, investendolo come un'onda anomala che annegò Venezia per sempre. E con essa arrivò un'altra onda, potente quanto la sua: il piacere di Viola, i suoi muscoli che si stringevano intorno alla sua lunghezza, spremendolo, chiedendo fino all'ultima goccia di ciò che lui aveva da dare.

E le avrebbe dato tutto ciò che possedeva. La sua ricchezza, il suo corpo e, soprattutto, il suo cuore.

Per l'eternità.

«Per sempre», sussurrò Viola e lo baciò con le labbra sporche di sangue.

INFORMAZIONI SULL'AUTRICE

Tina Folsom è nata in Germania e vive in paesi anglofoni dal 1991. È un'autrice bestseller del *New York Times* e di *USA Today*. La sua serie bestseller, *Vampiri Scanguards*, ha venduto oltre 2 milioni di copie in tutto il mondo. Tina ha scritto oltre 50 libri, pubblicati in inglese, tedesco, francese, italiano e spagnolo. Tina scrive di vampiri (serie *Vampiri Scanguards* e *Vampiri di Venezia*), divinità greche (serie *Fuori dall'Olimpo*), immortali e demoni (serie *Guardiani Furtivi*), agenti della CIA (serie *Nome in Codice Stargate*), viaggiatori nel tempo (serie *Time Quest*) e scapoli (serie *Il Club di Scapoli*).

Tina è sempre stata un'amante dei viaggi. Ha vissuto a Monaco (Germania), Losanna (Svizzera), Londra (Inghilterra), New York City, Los Angeles, San Francisco e Sacramento. Oggigiorno, ha fatto di una città balneare della California meridionale la sua casa permanente, assieme al marito e al loro cane.

Per saperne di più su Tina Folsom:
Visita il suo sito web: https://tinawritesromance.com/edizioni-italiane/
Iscriviti alla sua newsletter: https://tinawritesromance.com/newsletters/
Seguila su Instagram: https://www.instagram.com/authortinafolsom/
Iscriviti al suo canale YouTube: https://www.youtube.com/c/TinaFolsomAuthor
Seguila su Facebook: https://www.facebook.com/TinaFolsomFans/

www.ingramcontent.com/pod-product-compliance
Lightning Source LLC
LaVergne TN
LVHW041534070526
838199LV00046B/1663